光文社文庫

文庫書下ろし／長編時代小説

にんにん忍ふう

少年忍者の捕物帖

高橋由太

光　文　社

この作品は光文社文庫のために書下ろされました。

目次

風魔の二人

粉雪のちらつく山の中を二筋の旋風《つむじかぜ》が走っている。

旋風に煽《あお》られて、白い雪と薄汚れた枯れ葉が舞い上がった。吹き上げられた雪と枯れ葉が見ている者の視界を奪ったが、二筋の旋風は収まらない。視界を奪った雪と枯れ葉を断ち切るように、ちゃりんちゃりんッと、金《かな》くさい火花が散った。

いつの間にか、二筋の旋風がぶつかり合っている。

一頻《ひとしき》り、火花を散らした後、ぱっと旋風が二手にわかれ、四間《けん》ほど離れたところで、ぴたりと止まった。

吹き上げられた雪と枯れ葉が地べたに落ち、忍《しの》び装束《しょうぞく》に身を包んだ二人の人影が浮かび上がった。

それは二人の男であった。この二人は父と子である。四十がらみの父と十五、六に見える少年がぶつかり合っていた。

「ちッ」

息子は二度目の舌打ちをすると、再び、旋風となり、父へと襲いかかった。

若い旋風が駆けるたび、木々が揺れ、ただでさえ残り少ない枯れ葉が散って行く。

いや、散って行くのは枯れ葉だけではない。見れば、若い旋風からは鋭い刃《やいば》が飛び出しており、堅い枝や幹さえもすぱんッすぱんッと伐《き》れて行く。

冬の木々より柔らかい人の身体《からだ》など、一溜《ひとた》まりもあるまい。

四十すぎの身体が重いのか、父は逃げることなく立ち尽くしている。

「もらったッ」

若い声が響いた。

若い旋風に飲み込まれる寸前、

しゅんッ――――

――――という音を残して父の姿が消えた。

旋風になったわけでもなく、どこにも見当たらない。文字通り、消えてしまったのであった。

「く……」

息子は旋風から人の姿に戻ると、さっきまで父の立っていた雪の上で棒立ちになった。若い顔が途方に暮れている。

「父上、隠れるとは卑怯《ひきょう》ですぞッ」

若い男は声を上げるが、冬空が広がるばかりで父の返事は聞こえない。

永遠とも思える長い沈黙の後、何の前触れもなく、地面に散らばっていた枯れ葉が、ぐるりぐるりと天に吸い込まれた。とたんに、途方に暮れた若い顔が青ざめる。

「くそッ」

跳躍しようとするが、時すでに遅し。いつの間にか枯れ葉が身体にまとわりついていた。若い男の身体が荒縄で縛りつけられているように見える。雁字搦《がんじがら》めで、ぴくりとも動くことができぬのだろう。

そんな若い息子を嘲笑《あざわら》うかのように、雪雲の中から父の声が聞こえた。

「風魔《ふうま》忍法、枯れ葉縛り」

「くっ……」

言葉を発することさえできない息子目がけて、天からぎらりぎらりと刃が落ちて来た。槍《やり》のようであるが、その正体は尖《とが》った枯れ葉である。

「風魔忍法、時雨槍《しぐれやり》」

再び、父の声が冷たく響いた。身動きできぬ息子の頭に枯れ葉の槍が突き刺さりそうになる寸前、

「――そこまで」

別の声が二人を止めた。その声に反応するように枯れ葉が、
はらり――

――と、地面に落ちた。

†

数刻後、若い男――風魔風太郎《ふうたろう》は粗末な山小屋に座っていた。

目の前には、父である風魔小太郎《こたろう》と〝鬼一《きいち》じいさん〟と呼ばれる年寄りの姿がある。ここは鬼一の暮らす山小屋だった。

真っ先に口を開いたのは山小屋の主《あるじ》である。

「風魔小太郎をあそこまで追い詰めるとは腕を上げたな、風太郎」

鬼一は言った。

〝風魔小太郎〟というのは、戦国最強の忍びと呼ばれた風魔一族の頭目《とうもく》が代々世襲する名であり、〝風太郎〟というのは跡取り息子が頭目の地位につく前に名乗る名であった。

ちなみに、今は戦国乱世ではなく、天下泰平の江戸時代、〝田沼時代〟とも呼ばれる十代将軍家治《いえはる》のころである。

後北条《ごほうじょう》氏とともに滅んだということになっている風魔一族は、他の忍びと同様に、江戸の世でも生き延びていた。

忍者の歴史は戦乱とともにあった。

古くは、〝知将〟と呼ばれた楠木正成《くすのきまさしげ》が京都の動向を察知するため、伊賀者四十八名を雇い、京都に潜入させており、戦国時代に隆盛を極める。

その忍びたちの中で〝最強〟と呼ばれたのが、代々の風魔小太郎であった。

戦乱こそ終わったものの、当代の風魔小太郎は風魔の歴史の中でも一、二を争う手練《てだ》れと噂されている。

その風魔小太郎を追い詰めたと鬼一は言っているのだが、風太郎にはそう思えない。小太郎の顔を見れば、傷一つどころか汗の一粒も見あたらない。いくら誉《ほ》められても、口を開く気にはなれなかった。

黙り込んだまま、風太郎は小屋の中を眺める。年寄りの一人暮らしらしく、ひどく殺風景な上に、目の前には酒ばかりが並んでいて食いものが何もない。

小屋の様子を見れば分かる通り、鬼一は無類の酒好きで、酒さえあれば上機嫌なのだ。すでに、かなり飲んでいるらしく真っ赤な顔をしている。

上機嫌なのは鬼一だけではなかった。

「ふん。まだまだだな」

風魔小太郎は言った。鬼一よりも飲んでいるようだ。

一方の風太郎は、目の前に座っている風魔小太郎の血を引く唯一《ただ》人の男児であって、年若ながらも里でも指折りの忍術遣《つか》いと言われていた。

そんな風太郎に小太郎が、「おれと立ち合ってみろ」と言ったのだった。父である前に一族の頭目である男の言葉は絶対である。

風太郎自身も小太郎と立ち合うことを望んでいた。血の滲《にじ》むような修行も積んでいる。口にこそ出さなかったが、父に負けぬ自信もあった。

だが、蓋《ふた》を開けてみれば、勝つどころの話ではない。小太郎に子供扱いされ、いいようにあしらわれてしまった。

(まだ及ばぬか……)

父との間には、気の遠くなるほどの差があった。

それでも、ただ一つだけ言ってやりたいことがある。

「術を遣うなんて聞いておりません」

忍術というのは秘中の秘で、親子であっても見せぬもの。ましてや、同族同士の立ち合い稽古《げいこ》で、忍術を遣ったなどという話は聞いたことがない。

しかし、小太郎は涼しい顔をして酒を飲んでいる。馬鹿にされているとしか思えない。

返事もせずに酒を飲む父の姿を見るに、

「頭目、お答えください」

言葉を改め問い詰めると、ようやく、口を開いた。

「忍びが術を遣わないでどうする？」

「それは……」

言葉に詰まる風太郎に追い打ちをかけるように、父は言葉を重ねる。

「よもや、忍びの立ち合いに卑怯などと言うまいよな？」

返す言葉もない——。どんな手段を遣っても任務を遂行するのが忍びである。忍びにとって、〝卑怯〟の二文字はほめ言葉ですらあった。

「負けは負け。それだけの話だ」

父は言った。

「くっ……」

歯がみしている風太郎を見て、鬼一が酒くさい息を吐き出しながら笑い出した。小太郎もにやついている。

「ふう子を見て参ります」

ふう子というのは妹の名である。

妹を言い訳に風太郎は立ち上がった。これ以上、酒飲みどもの肴《さかな》にされるのはごめんだった。


若者が去り、後には二人の酒飲みが残った。二人きりになると、さっきまで聞こえなかった風の音が耳につく。

〝風魔〟と呼ばれるだけに、里の忍びは例外なく風の音に敏感だった。風向き一つで明日の天気を知り、人や獣の気配を察知する。

間もなく、冬が終わる。

小太郎は春の訪れを感じ取っていた。冬が終われば春が来る――。年を取ると、そんな当たり前のことが愛《いと》しく思える。

「これ、小太郎」

鬼一は忍びでもなければ風魔の人間でもない。江戸からやって来た剣客であった。風太郎に剣術を教えているということもあり、風魔の里では、一目も二目も置かれている。小太郎相手でも遠慮のない口をきく。

「ふん？」

「おまえさん、剣では風太郎に負けると思って、〝枯れ葉縛り〟を遣ったろう？」

「ふふ」

「何を笑っておる？」

そう言う鬼一の顔にも、笑みが浮かんでいる。春の訪れを喜ばぬ年寄りなどいない。

「酒が旨《うま》い。――それだけだ」

再び、風の音に耳を傾けた。

小屋の外では粉雪がやみ、青白い月が風魔の里を照らしていた。もう一時《いっとき》もすれば夜が明ける。

それから一年後――

秘太刀《ひだち》、蝶の羽

安永《あんえい》年間、田沼意次《たぬまおきつぐ》がときめいていた時代の話である。

耳を澄ませば景気のいい話ばかりで、道行く町人たちの着物も派手だった。贅沢《ぜいたく》が町に溢《あふ》れている。

しかし、世の中すべてが裕福というわけではない。

江戸田舎《いなか》と揶揄《やゆ》される本所深川《ほんじょふかがわ》は、ろくに飯《めし》も食えぬ貧乏人が山のように集まっていた。そんな本所深川の中でも、とびきりの貧乏人ばかりが住む裏長屋で、風太郎は寒さとひもじさに震えていた。真っ白い息を吐きながら、独り言を呟《つぶや》いている。

「江戸は寒いねえ……」

雪の降りそうな十二月の夕暮れのことで、寒いに決まっている。

江戸の町では長屋は「三年元取り」と言われ、建ててから三年も経《た》つと新しく建て替える。火事の多い江戸のことで、丈夫な長屋を建てても燃えてしまっては何もならない。だから、たいていの長屋は粗末に作られており、三年も人が住むとボロボロになってしまう。風太郎の住んでいる六兵衛《ろくべえ》長屋は、三年どころか十年も建て替えていないように見える。貧乏人の多いこのあたりでは、そんな長屋も珍しくもない。

さっきから、腹の虫がぐるるぐるると鳴り続けている。

「うるさい腹の虫だ」

文句を言うが、ぐるるぐるると鳴るのも仕方のない話で、昨日から何も口にしていなかった。

しかも、困ったことに、飯を食っていないのは、風太郎だけではない。

「お兄さま、お腹《なか》が空《す》いたのです」

九つになる妹のふう子が言った。ふう子の肩には、なぜか小さな烏《からす》が載っている。

「カースケもお腹を空かしているのです」

「カァー、カァー」

一人と一匹は風太郎を責め立てる。

「何か食べたいのです」

そう言われても何もない。米櫃《こめびつ》には米の一粒もない。どこにも、食い物がないのであった。言うまでもないが、食い物を購《あがな》う銭金もない。

烏はともかくとして、年端《としは》も行かぬ妹を飢えさせるわけにはいかない。

しかし、どうしたら銭を稼ぐことができるのか、とんと分からなかった。十七になろうという男としては、いささか情けなくもあったが、これまで風魔の里で銭金とは縁のない暮らしをしていたのだから、仕方のないこととも言える。

風魔――。

風太郎は自分の生まれ育った里を思い浮かべる。

北条家の滅亡と一緒に、盗賊になり下がり、徳川《とくがわ》に滅ぼされたことになっているが、事実は、まったくの反対であった。

家康《いえやす》の時代から、延々と徳川家に仕《つか》えている。

伊賀《いが》や甲賀《こうが》の忍びが、いつの間にか、徳川に召し抱えられ、そこらの武士と変わらなくなったこととは裏腹に、風魔の一族は闇《やみ》から出ることなく、いざというときのために牙《きば》を研《と》いでいた。

幕府に万一のことがあったときには、里や町に散らばる忍びたちが徳川の味方として立ち上がることになっている。

しかし、今となっては、それも遠い昔の話。

月日は流れ、すでに第十代将軍家治の時代になっていた。すっかり世の中は落ち着き、徳川家は盤石《ばんじやく》であった。表だって刃を向ける者もなく、一大事などあろうはずがない。

「みんなは風魔のことなんて忘れているのです」

ふう子は言う。

江戸も静かであったが、風魔の里も平穏《へいおん》だった。豊かな土地を耕して作った田畑は不作を知らず、野山には肥えた獣《けもの》たちが走り回っている。里に流れる小川では一年を通して旨い魚が獲《と》れた。頭目の息子だからということもあろうが、これまで食えぬ苦労をした記憶がなかった。

そんな暮らしをしていた風太郎が、生き馬の目を抜く江戸へ出てきたのだ。途方に暮れるのも当然であろう。

ちなみに、兄妹《きょうだい》二人が江戸へやって来たのは、物見遊山《ものみゆさん》でもなければ風魔の里から追い出されたわけでもない。忍びとして任務を背負ってやって来たのである。

「抜《ぬ》け忍《にん》の始末は任せたぞ」

父の言葉が蘇《よみがえ》る。

頭目の許しを得ずに一族を抜けることを、〝抜け忍〟と呼ぶ。忍びが血気盛んだった戦国のころには、抜け忍は重罪であり、風魔の里から手練《てだ》れの刺客が送られ殺された。

頭目の許しを得れば自由の身となれるが、かつては、滅多《めった》に一族から抜ける許しを得ることはできなかったという。

戦国時代と違い、すっかり平穏になった今では、一族から離れることも珍しくはない。去る者、追わず。小太郎は一族を抜けたがる忍びに寛容だった。

そもそも風魔の里では、忍びの修行をしない者が増えており、山の民《たみ》とかわりがなくなりつつある。

そんなふうであったので、届け出れば、たいていはすんなりと里を抜けることができた。

ただし、掟《おきて》もあった。

「忍びの術を人に見せてはならぬ」

珍しい決まり事ではない。

例えば剣術にも〝御留流《おとめりゅう》〟というものがある。薩摩《さつま》の示現《じげん》流や柳生《やぎゅう》新陰《しんかげ》流などがこれに当たる。命のやり取りをする真剣勝負の場では、手を読まれないことが重要である。そのため名乗ることも、ましてや人前で技を見せることも禁じられていた。

表芸である剣術でさえ他人の目を嫌うのだから、裏芸である忍術を見せることが許されるはずがない。

だから、里を離れる以上、忍びの術も捨てなければならなかった。その掟を破る者には、風魔の制裁が待っている。当然のことであったが、風太郎自身も忍びの術を見せることを

禁じられていた。万一、見られたときには、

「見た者の息の根を止めよ」

と、命じられていた。相手が赤子《あかご》であろうと、殺さねばならぬ。この掟に背《そむ》けば、今度は風太郎が刺客に狙《ねら》われることになる。

さらに、抜け忍を始末する理由はそれだけではない。

風魔一族は徳川家に仕えている。少なくとも小太郎はそう思っている。もし仮に、徳川家が風魔を忘れたとしても、豊沃《ほうよく》な土地を与えられている以上は徳川が雇い主であった。平穏なこのご時世に、抜け忍とはいえ、風魔の忍びが闊歩《かっぽ》していては問題がある。人外の技を持つ忍びだけに、天下に野心を持つ者と結びつく恐れだってないとは言えない。

実際、小太郎の許しを得ずに抜ける者は、腹に一物《いちもつ》持っている忍びが多く、何をするかわかったものではない。

一見、厳しい掟のように見えるが、当たり前のことばかりである。
一、里を抜けるときには頭目《とうもく》の許しを得ること。
二、里を抜けた以上、忍びの術を他人に見せぬこと。
三、万一、見られたときには、見た者を殺すこと。

ことではなかろう。

最低限の掟ばかりである。この三つを守れぬ者を、反逆者として始末するのはおかしい
かし、

刺客を送り制裁を加えるのは当然のこと、一族の存亡と名にかかわることであった。し

(その制裁っていうのが、どうもねえ……)

風太郎は渋い顔になる。

制裁を加えるとすれば、抜け忍より腕が立たなければならない。しかし、このごろでは手練れの忍びというやつが少なくなっているのであった。術に自信のある者は、風魔の里での平穏な暮らしを嫌い、抜けてしまう。里に残るのは、忍びの修行をせずに、のんべんだらりと暮らしている連中ばかりであった。これでは制裁など加えられるわけがない。

抜け忍に寛容《かんよう》になったのには、そんな事情もあった。

しかし、見て見ぬふりをできない事件が江戸で起こっていた。

「自分の目で見よ」

おのれの見たもの、聞いたものしか信じぬ忍びらしく余計なことは言わないが、小太郎の口振りでは、このところ、江戸で忍者がらみとしか思えない事件が起こっているらしい。

抜け忍のしわざと言い切ることもできないが、さりとて「風魔と無関係」と断言するこ

ともできない。

事件が耳に届いた以上、放《ほう》って置くわけにもいかず、真相を確かめよと、息子と娘を江戸へ送ったというわけであった。

ちなみに、風太郎は小太郎の跡取りとして忍びの修行はしていたが、どちらかと言えば、のんべんだらりとしたい方であった。忍びのくせに争いは好きではない。ふう子に至っては、何の修行もしていない。烏を自由自在に操る〝烏遣《からすづか》い〟と言えば聞こえはいいが、野山で遊んでいるうちにカースケと仲よくなっただけの話で、修行して身につけたものではない。

言ってみれば、いい加減な風太郎のお目付《めつけ》役であり、また、カースケを遣って風魔の里へ文《ふみ》を送ることがふう子の役目であった。

そんな二人が江戸へ出て来たのは抜け忍を見つけ出すためだけが目的ではない。正直なところ、抜け忍などはどうでもいい。もっと大きな目的があった。

一年前に風魔の里を飛び出して、江戸へ行ってしまった母の三冬《みふゆ》をさがすつもりだった。このことは小太郎も承知している。

「早く、お母さまをさがすのです」

ふう子がそう言って、カースケがカアと鳴いた。手のひらにのるくらいの小さな烏のくせに、風太郎やふう子のことを世話しているつもりなのか、カアカアと口うるさい。

この生意気な小烏は、風太郎やふう子が生まれる前から風魔の里で暮らしている。里の忍びたちは〝カースケ〟と呼んでいた。

いくら人外魔境のような風魔の里であっても、こんなに長生きのふざけた烏は、カースケしかいない。ふう子は、「カースケは八咫烏《やたがらす》なのです」と言い張っているが、足は二本しかない。しかもそこらの烏よりも小さい。どこをどう見ても、神の遣いなどには見えやしない。

幼い妹と烏に催促されるまでもない。風太郎だって風魔の里を出るまでは、一刻も早く母を見つけ出し、面妖な事件とやらを起こしている抜け忍を始末して里へ帰るつもりであった。

だが、江戸に出て来たとたん、その目論見《もくろみ》は塵《ちり》と消えた。

「わかっているよ。わかっているけどねえ……」

さがせと言われても、どこをさがせばいいのか分からない。こんなに江戸に人が多いとは思ってもいなかった。

しかも、三冬は忍びではない。江戸っ子なのだ。

もともと江戸者であった三冬に小太郎が惚《ほ》れて、口説《くど》き落としたのである。すなわち、忍びの術を遣って目立つこともしなければ、余所者《よそもの》として江戸で浮くこともなかろう。

他方、年端《としは》も行かぬ妹と烏を連れた山育ちの風太郎は目立っている。母が姿を隠すつもりなら、永遠に見つけることなどできぬように思える。

「お江戸は広いのです」

「カァー」

日を追うごとに、ふう子とカースケもため息をつくことが増えていた。

しかし、手がかりがないわけではない。

風太郎の脳裏にひとりの老人の顔が思い浮かんだ。痩《や》せこけて、ひどく貧相な爺《じい》さんの顔だ。小太郎と風太郎の立ち合いを見ていた、あの爺さんが手がかりだった。

(師匠はどこにいるのだろうか?)

風太郎の剣術の師匠は、風魔の里の中でも、さらに寂《さび》れている山奥に住む爺さんで、誰《だれ》も名など聞いていないのに、

「京八《きょうはち》流の鬼一法眼《きいちほうげん》が子孫、堀川《ほりかわ》鬼一」

と、大威張りで名乗るのが癖だった。

そもそも鬼一法眼自体が伝説上の人物であって、本当にいたのかさえはっきりとしていない。

眉唾話《まゆつば》に耳を傾ければ、鬼一法眼というのは源義経《みなもとのよしつね》に剣術を教えたと言われている男で、剣術だけではなく、伊予《いよ》の陰陽師《おんみようじ》の子であり、六韜兵法《りくとうひようほう》という呪術《じゆじゆつ》を遣ったとも言われている。その子孫を名乗っているところが、胡散臭《うさんくさ》いこと、この上ない。

鬼一のいう京八流にしても、京の鞍馬寺《くらまでら》で八人の僧侶に刀法を伝えたのがはじまりであると言われているだけのものであった。剣術の源流と言われているが、それだって、あくまでも伝説にすぎない。

風魔小太郎が生きているのだから、鬼一法眼の子孫がいてもおかしくはないと言えばそれまでの話であるが、誰一人として真に受ける者はなく、風魔の里でも変わり者の爺さん扱いされているだけであった。

それでも剣術の達人であることは確かなようで、風魔の里で一対一の立ち合いで鬼一に勝てる者はいなかった。

そんな鬼一と親しくしていたのが、風太郎の母・三冬である。

同じ江戸者で気が合うのか、よく二人で話していた。鬼一なら何かを知っているかもしれない。

ちなみに、この鬼一は風魔の里で暮らしているだけで、忍びではない。どんな経緯《いきさつ》で江戸から里にやって来たのか知らぬが、いわゆる居候《いそうろう》というやつである。

ずいぶん長いこと里で暮らしていたが、ある日、ふらりとどこかへ行ってしまった。何のつもりか消える前に、風太郎へ、「深川へ参る」と言い残していた。

鬼一が里から消えてしまったのは、三冬の件と無関係ではない――。そんな気がしていた。

鬼一は三冬のことを、それこそ自分の娘のように可愛《かわい》がっていた。横着な鬼一が風太郎に剣術を教えたのも、三冬に頼まれたからであった。

三冬自身も鬼一に剣術を習っていた。江戸にいたころから木刀竹刀《しない》を握っていたということもあって、風魔の里でも習い続けたのだ。

つまり三冬は剣術遣いである。しかも、鬼一に言わせれば、それもかなりの腕前であるらしい。

どこまで本当のことなのかわからぬが、京八流にも奥義《おうぎ》というものがあるようだ。古くは源義経が伝授されたという話であるが、鬼一の言うことだけあって、いささか眉唾ものである。

信じていないが、本当に奥義があるのなら剣術を学ぶ端《はし》くれとしては聞いてみたい。

しかし、鬼一は教えてくれなかった。意地の悪い笑みを浮かべ、こんなことを言っていた。

「風太郎、おまえには教えてやらん」

聞けば、京八流の奥義は限られた門弟にしか伝授されないものであって、生涯に一人に伝授することしか許されていないという。そして、鬼一は、すでに奥義を伝授してしまっているというのだ。その伝えられた相手というのが、

〝風魔三冬〟

つまり、どこかへ行ってしまった風太郎の母である。

母三冬は風太郎に奥義を伝授しようとはしなかった。

里から姿を消した後、一度だけ文が来たことがあり、そこには別れの言葉と、剣術のことが書かれていた。

「血のつながっている者に伝えるのは京八流を弱くします」

三冬はそう書いていた。

これはわからぬでもない。どんなに厳しい修行を課そうとも、母と息子。そこには、どうしても、一抹《いちまつ》の甘さが伴う。しかも、

「江戸によい剣を遣う者がおります」

どうやら、すでに奥義を伝え終えているような書きぶりだった。今となっては、〝よい剣を遣う者〟とやらも母をさがす手がかりの一つだった。

風魔の里の者が江戸に行くのは珍しいことではない。頭目の許しがあれば、自由に江戸へ行くことができる。

小太郎自身も若いころはちょくちょくと江戸歩きをし、そこで出逢《であ》った三冬を妻にしたくらいである。

†

三冬は里に嫁いでからも、江戸へちょくちょく帰ってきていた。もちろん供などは連れていない。深川の外れに、三冬の両親の墓があるという話だ。

事件があったのは、三冬が江戸へやって来たときのことで、ひらひらと薄紅色の花びらの舞う春のことであった。

墓の雑草をむしっていると、向こうから武士が歩いてきた。浪人ではなく立派な若侍のように見えた。お供らしき者も連れている二人連れであった。

江戸は武家の町。

寂れた深川の外れであっても、二本差しは珍しくない。だから、三冬も屈《かが》んだ姿勢のまま草むしりを続けていた。正直なところ侍などは見なれている。気にもしなかった。

そして、侍からも三冬の姿が見えなかったようである。そのまま通りすぎてしまえば何も起こらなかった。

しかし、何かは起こってしまった。

そのとき、このあたりの百姓らしき十四、五に見える娘が通りかかった。まだ明るい、お天道《てんとう》様が顔を見せている昼下がりのことであった。

いくら娘の一人歩きは危ないと言っても、こんな明るい時刻のことである。

三冬も娘の一人歩きを見ても気にも止めなかった。ちらりと姿を見たものの草むしりに精を出していた。が、

「きゃあああっ」

百姓娘の悲鳴が聞こえた。

忍びでないとはいえ、そこは風魔小太郎の妻である。悲鳴にうろたえることもなく、息をひそめたまま様子を窺《うかが》った。

見れば、若侍が百姓娘を抱き寄せている。

娘には悪いが、ふざけているだけであれば、見て見ぬふりをするつもりであった。昼間から酒を飲んで娘に抱きつく男は珍しくない。

しかし、酔っているようにも見えない。それどころか、供の者は、

「騒ぐでない」

と、若い娘相手に無粋な声を出しながら、あろうことか刀をちらつかせている。

三冬の眉間《みけん》にしわが寄った。

(まさか)

そのまさかであった。

「おとなしく言うことを聞け」

そう言うと、百姓娘を草むらへと引っぱり込んだ。

「やめてくださいまし」

いくら言ったところでやめるはずがない。

百姓娘も必死に抵抗しているようであったが、しょせん男二人にかなうわけもなく、呆気《あっけ》なく粗末な着物をむしり取られてしまった。……これ以上、黙って見ていることはできなかった。

「――おやめなさい」

三冬の凜《りん》とした声が深川の外れに響いた。右手には忍び刀を持っている。

武家どもも驚いたようであったが、声の主《ぬし》が女であると見るや、嫌らしい笑みが広がった。

「あの女も捕らえて参れ」

若侍が供の者へ命令する。供の者が歯をむき出しにして三冬へ迫ってくる。飛んで火に入る夏の虫とでも思ったのであろう。

が、供の者が三冬に触れることはなかった。男が手を伸ばす寸前、

ひらりひらり――

――と、三冬が舞った。


すると、ばったりと男が地面へ顔から倒れた。一見すると、女が舞っただけである。何が起こったのかさえ分からなかったろう。

「秘太刀《ひだち》、蝶《ちょう》の羽」

と、呼ばれている剣さばきであった。鬼一は〝不敗の剣〟だと言っていた。人を相手に遣うのは初めてだったが、鬼一の言葉はあながち嘘《うそ》ではないようである。その証拠に、峰で打つ余力が残っている。

「おとなしく帰りなさい」

三冬としては、若侍を宥《なだ》めたつもりだった。

しかし、落ち着き払った三冬の様子に、馬鹿にされたとでも思ったのだろう。

「女ッ、ふざけるなッ」

若侍は百姓娘を放り出すと、やにわに刀を構えた。

さっきまでにやけていた顔が鬼のように引き締まり、構え一つ見ても、腰がどっしりと据わっている。

(遣える)

三冬は気を引き締めた。鬼一に剣術を習っていると言っても、しょせんは道場剣法で、斬《き》り合いなどしたことがない。人を斬り慣れている様子の若侍相手にどこまで戦えるかは疑問である。

三冬の動揺を見抜いたように、若侍がにやりと笑った。

「参るぞ」

間髪入れず、若侍が三冬に襲いかかってくる。ちゃりんちゃりんと二人の刀が火花を散らす。

もとより若侍は三冬を斬り捨てるつもりであろう。剣にためらいが感じられなかった。

一方の三冬にはためらいがある。

忍びでこそないが、風魔小太郎の妻として目立つ真似《まね》は控えねばならない。許しなく人を殺《あや》めることは禁じられている。

そもそも小太郎と一緒になるまでは、ただの町娘である。人を殺す覚悟など簡単にできるものではない。

「ふんッ」

若侍は力任せに押しまくる。

技そのものは未熟だが、若い男だけに剣に力がある。非力《ひりき》な三冬の額に汗が光り始めた。

「しょせん女か」

若侍の笑みが大きくなった。三冬のことを嬲《なぶ》り殺しにしようと決めたのかもしれぬ。

しかし、攻守は紙一重《ひとえ》。

攻めていれば、どうしても隙《すき》が生まれる。

粘り強く守り続ける三冬を相手に、力に頼りすぎたのか、若侍に隙が見えた。……これを逃しては勝機はない。

「秘太刀、蝶の羽」

言葉とともに、再び、ひらりひらりと三冬の紅梅柄《こうばいがら》の着物が舞った。

刃がひゅんと空《くう》を斬り、そして若侍の首筋を斬り裂いた。

血煙が上がる。

その血煙を追いかけるように、若侍がばったりと倒れた。

二度と男は動かなかった。

そして、それを最後に三冬は消息を絶った。風魔の里から姿を消してしまったのであった。

風魔忍法、猫又走り

江戸がはじまったばかりのころの深川と言えば、人など住まない湿地であった。明暦《めいれき》の大火で江戸府中が焼土と化したのをきっかけに、寺社や商人たちが移り住み、急速に開けて来た土地である。

そのため、人別帳《にんべつちょう》のしっかりしている江戸の町にしては、珍しく流れ者や臑《すね》に傷持つ者が多く住みついていた。

そんな深川の外れの貧乏長屋に腰を落ち着けたまではいいが、風太郎たちには大きな問題があった。

銭がないのだ。任務であろうと銭を渡さず、現地で調達するのが風魔の流儀であり、風太郎も銭を持たされていない。

当然と言えばそれまでだが、銭がなければ飯も食えない。

江戸の町にやって来て以来、ろくに食えない日々が続いていた。忍びの技を使って盗めぬことはないが、悪事に手を染めるつもりはなかった。

ぐう――。

腹の虫が鳴いた。

「口入れ屋へ参ろう」

抜け忍や母をさがす前に、おあしを手に入れなければ生きていくことさえできない。自分はともかくとして、幼い妹を飢えさせるわけにもいくまい。

風太郎はふう子を連れて、長屋を出たのであった。

扇橋《おうぎばし》を渡り、海辺大工町《うみべだいくちょう》をすぎたあたりをぶらぶらと歩いていると、人だかりに行き当たった。何やら、わいわいと騒いでいる。

「お兄さま、人がいっぱいいるのです」

ふう子が目を丸くしている。カースケが人いきれに怯《おび》えたのか、

「カア……」

と、弱々しく鳴いて、ふう子の懐《ふところ》へ潜り込んだ。八咫烏だのと言うわりに、内弁慶な烏である。

さすがに風太郎はふう子の懐へ逃げ込みはしなかったけれど、山育ちの田舎者だけあっ

て人だかりを見ると気後《きおく》れしてしまう。

深川へはじめてやって来たときも、

「人がいっぱいいるのです」

「カア……」

と、目を丸くしたけれど、しょせんは深川の外れのことで、中村座・市村座・森田座の三座の芝居小屋あたりの賑《にぎ》わいに比べれば、このあたりなど静かなものである。人よりも蛙《かえる》の数の方が多いなどと言われるほどだった。

それが、この日に限って、その芝居小屋が越して来たような騒ぎが起こっている。

しかも、物見高いは江戸の常。

ただでさえ人だかりができているところに、騒ぎを聞きつけては、「何があったんでえ、ちょいと見せておくれよ」と、どこからともなく次々と人が集まってくる始末であった。

ちなみに、人だかりは深川にしては、立派な屋敷や塀が並んでいるところにできていた。

そんな狭い道に人が集まっているということもあって、すっかりふさがれてしまっている。

人混《ひとご》みになれていない風太郎とふう子は、どうしてよいのかわからなかった。生まれてこの方、人混みを掻《か》き分けて歩いたおぼえなどない。

「通れないのです」

「カァー」

ふう子とカースケが途方に暮れている。

確かに、これでは、口入れ屋へ行くこともできやしない。諦《あきら》めて長屋へ帰ったとしても食うものがない。さっきから風太郎とふう子の腹の虫は鳴きっぱなしであった。

(仕方ないか……)

背に腹は代えられぬ。風太郎は風魔の者にしか聞き取れぬ声〝忍び語り〟で、ふう子へ話しかけた。

「上から行こう」

「あい、お兄さま」

二人は周囲を見回すと、ひょいと跳躍した。修行を積んだ風太郎はもとより、忍びとも言えぬふう子でも、屋根に飛び乗るくらいの跳躍力はある。

風魔の里では、二人の見せた跳躍を〝飛猿《ひえん》〟と呼ぶが、その名の通り、自由自在に木々を飛び回る猿《さる》の動きを真似たものである。山育ちの風太郎とふう子にしてみれば、猿の動きを真似るなど造作《ぞうさ》もないことだった。

二人の風魔は、ふわりと塀に上がり、それから身の軽い猿のように屋根やら木やらの上を疾走する。

がやがやと騒いでいる者たちは、風太郎たちに誰一人として気づいていない。

「風魔忍法、猫又走り」

と、呼ばれる術で、風魔の忍び走りの基本であった。里の者は物心つくと、濡《ぬ》れた紙の上を歩き、これをおぼえる。狩りにも役立つ技なので、忍びとして生きるつもりのない者も、猫又走りだけは習得しようとする。

猫又走りで駆けながらも、人だかりが気になる。

(何を騒いでいるのかねえ)

走り抜けるときに、いくらか足を緩《ゆる》め、ちらりと人混みをのぞいてみた。風太郎の真似をして、ふう子とカースケも首を伸ばす。

しかし、見ても何があったのかわからなかった。

ただ、騒ぎの真ん中で、髷《まげ》のない散切《ざんぎ》り頭《あたま》の武士らしき男が、おいおいと泣いているだけであった。

†

ふう子とカースケを外に置いて、〝諸職口入れ〟と小さな看板が立っているしもた屋へ入ると、眼鏡《めがね》をかけた狸《たぬき》が帳面を見ていた。

じろりと風太郎のことを見ると、挨拶《あいさつ》も抜きに、いつもの言葉を口にした。

「ご用でございますか?」

「用がなければ、口入れ屋などにくるはずがない」

風太郎は言い返した。口入れ屋の格子戸《こうしど》をくぐったのだから、仕事の世話を頼みにきたに決まっている。

普段は丁寧《ていねい》なしゃべり方が板についている風太郎だが、この狸を相手にすると、なぜか腹が立ってくる。

少しでも割りのよい仕事にありつこうと、無理やりに武家風のしゃべり方をしていることもあって、叩《たた》きつけるような口調になってしまう。

「前にも申したが、江戸へ出て来たばかりだ。しかも、九つの妹も一緒だ。だが、食いものもそれを購う銭もない」

鳥も一緒に暮らしていることは言わずにおいた。江戸の町には鳥が多いが、鳥を飼っているような酔狂《すいきょう》な者はいまい。

「店賃《たなちん》も払わなければならぬ」

風太郎は言葉を続けた。

母をさがすにしても抜け忍をさがすにしても、おあしがなければ顎《あご》が干上がってしまう。鳥のカースケの嘴《くちばし》を勘定《かんじょう》に入れると、三つの口をやしなわなければならない。

必死な風太郎を見ても、口入れ屋の狸は眉《まゆ》一つ動かさない。

「それはお困りでしょう」

と、帳面に目を落としたまま、他人事《ひとごと》のように言った。生き馬の目を抜く江戸の町で口入れ屋をやっているだけに、食い詰めなど見慣れているのであろうが、いささか冷たい狸である。

ちなみに、この狸親爺《おやじ》は本物の狸ではなく、口入れ屋の親爺で、名を太兵衛《たへえ》といい、四十をすぎていると聞く。風太郎の目には四十どころか、六十の老人に見える。白髪《しらが》混じりでむくんだ顔をしている。

ちょいと前に六兵衛長屋の連中から聞いたところでは、この太兵衛は、代々の口入れ屋、昔に遡《さかのぼ》れば、源平の合戦のころから仕事の斡旋《あっせん》をしている家柄らしいが、どこまで本当のことかは分からない。

太兵衛というよりも、〝たぬべえ〟という顔をしている。どう見たって、信用のおける顔ではない。

狸にはもったいない美しい妻と娘がいるというが、長屋の連中も顔を見たことがないと言っていた。そうなってくると本当にいるのかさえ怪しい。

とにかく、何もかもが胡散臭い男なのだ。

「困っておるから、ここへ参った」

自分でも声が尖っているのが分かる。腹が減って不機嫌になるなど修行の足りない証拠なのだが、苛立ちを我慢できぬほど食っていなかった。

「なるほど」

相変わらず、帳面を見たまま太兵衛が、ぼそりとしゃべった。口先ばかりで、まるで無関心に見える。

そして、風太郎を見ようともせずに続けた。

「本日は、ご紹介できるような職はございません」

こんなこともあるのだろう。

人があふれ、食い詰めも多いだけに、望み通りの職にありつけるときばかりではない。

それでも、風太郎は食い下がる。

「どうにかならぬか」

「申し訳ございません」

頭をさげてもらっても腹はふくれない。さっきから、ぐるるぐるると腹の虫がうるさい。

目が回りそうであった。

それでも「申し訳ございません」という言葉を聞くと、不機嫌な心持ちが消えてしまうから、おかしなものだ。無愛想な狸であったが、そのへんの呼吸は心得ているのかもしれない。

そもそも口入れ屋というものは、いろいろな人の話を聞く仕事である。

なにしろ、口入れ屋で仕事をさがそうとするものの中には、無宿者や無法者も多く、ときには法で禁じられているような仕事を斡旋することもあった。それだけに一筋縄ではいかない親爺が口入れ屋に座っていることが多い。

太兵衛は言う。

「このごろは物騒《ぶっそう》な輩《やから》がうろついております。もう少しお待ちいただければ、用心棒の口なりご紹介できると思いますが」

「物騒?」

「はい。巷《ちまた》の噂《うわさ》をご存じありませんか?」

「どんな噂だ?」

見当もつかず、聞き返す。

このごろでは食うだけで手いっぱいで、噂を気にしている余裕などなかった。

最初は抜け忍や母をさがすために耳をそばだてていたが、貧すれば鈍する。その余裕も、日に日になくなりつつあった。

声を潜《ひそ》め、太兵衛は言う。

「化け物のたぐいが出るんでございます」

「へえ」

風太郎はさほど驚かなかった。

江戸の連中は化け物話や因縁《いんねん》話、不思議な話を好んだ。決して安くない見世物《みせもの》小屋は繁盛し、化け物話を載せるだけで、瓦版《かわらばん》は飛ぶように売れた。

田舎者には信じられぬほどの不思議好きは江戸の成り立ちに由来するらしい。

天正《てんしょう》十八年、西暦でいうと、一五九〇年の八朔《はっさく》に徳川家康が駿府《すんぷ》から居《きょ》を移し、海を埋め立てて作り上げたのが、江戸の町である。

美しい水郷ではあったが、井戸を掘っても真水が出ないほどの水不足に悩まされる町でもあった。

そこで、神田《かんだ》上水や玉川《たまがわ》上水を作った。「水道の水を産湯《うぶゆ》に使い」などと、江戸っ子が自慢するのは、このことである。

したり顔で太兵衛は言う。

「無理に埋め立てなどなさるから、お江戸には火事とか化け物とか怖いものが多いんでございましょうな」

どこまで本気でいっているのか、見当もつかない。油断も隙もない狸だけに、適当なことをしゃべっているだけなのかもしれない。

それ以前に、今は化け物話をしているどころではない。腹の虫に何かやらなければうるさくて仕方がない。

(どうしたものかな……)

考えても何も思いつきはしない。今の風太郎は、太兵衛を頼るしかないのであった。

「どのような仕事でもいい。何かないのかね?」

思わず地が出て言葉遣いが丁寧になる。

が、狸はつれない。

「ございません」

「そこを何とか」

先の見えない押し問答をしていると、格子戸が、がらりと開き、歯切れのいい男の声が飛んで来た。

「仕事ならあるぜッ、うちに来な」

見れば、小柄ながら岩のような四十がらみの男が立っていた。渋い縞《しま》の着流しがよく似合っている。

「え？」

風太郎を見ながら、四十がらみの男は言葉を続ける。

「話は聞いたぜ。仕事を世話してやるから、安心しな」

「はあ……」

どう返事をしてよいのか分からない。

「親分さん」

太兵衛が顔を顰《しか》める。困った狸といった風情《ふぜい》である。絵草紙《えぞうし》に出て来そうな滑稽《こっけい》な顔でぶつぶつと文句を言いはじめた。

「このようなことをされては商売になりませぬ。わたしどもに首を吊《つ》らせるつもりなのでしょうか？」

仕事がないと断ったくせに、欲張り狸は口うるさい。確かに、口入れ屋にやって来て、客を掻っ攫《さら》うように仕事を紹介する男にも問題がある。

「剣呑《けんのん》なことを言うんじゃねえや。見かけによらず固《か》てえな、おめえは」

「古くなった団子じゃないのですから、固いの柔らかいのという話ではございませぬ」

「まあ、いいじゃねえかよ」

「勘弁《かんべん》してくださいまし、朱引《しゆび》きの親分さん」

口入れ屋が今にも泣きそうな顔をしている。

この小柄な男が、〝朱引きの親分〟こと、御用聞きの伝兵衛《でんべえ》であった。

捕物名人としても名高く、本所深川一帯を縄張りにしており、与力《よりき》や同心にも一目置かれるほどの岡っ引きであるという。

「心配すんな、親爺。ちゃんと口銭《こうせん》は払ってやりゃあさ」

伝兵衛の言葉を聞いて、太兵衛はとたんに相好《そうごう》を崩した。

「さすが親分さんでございます。最初から、そうおっしゃると思っておりました」

真面目《まじめ》な狸顔でうなずいている。

仲介料がもらえればよいのであろう。わかりやすい男である。

「よし、これで話はまとまったな」

軽く手を打つと、改めて風太郎の顔をまじまじと見た。そして、決めつけるように言う。

「ん？　しけた顔だな。飯、食ってねえだろ？」

何もかもお見通しの捕物名人であった。

ほんの一瞬、見栄を張ろうかと思ったが、すでに、ぐるると腹の虫のやつが返事をして

しまっている。しかも、嘘をついても腹がふくれるはずもない。風太郎が正直に、

「まあ……」

と言いかけると、それを遮るように幼女の声が聞こえた。

「わたしも食べていないのです」

いつの間にか、伝兵衛のとなりにカースケを懐へ入れたふう子が立っている。忍びの里の幼女だけに油断も隙もない。

突然、姿を見せたふう子に目を白黒させながらも、子供好きなのか、妹の頭を撫《な》でたりしている。

「嬢ちゃん、腹、減ってんだな？　何か食うかい？」

ふう子のかわりに、カースケがカアと鳴いた。

〝おいらも腹が減っているよ、親分さん〟

そう言っているのだろう、たぶん。

†

「それにしても見ねえ顔だな、おめえさんたち。よそ者かい？」

「ほうはほれす」

伝兵衛の質問に、ふう子が答えた。ふざけてしゃべっているわけではなく、ふう子の口の中には、焼き立ての焼き芋《いも》が入っていた。焼き立ての焼き芋をはふはふと頬張《ほおば》りながらしゃべっているのである。

二人と一羽は伝兵衛の家へと来ている。岡っ引きの家であるはずなのに、入り口に〝てならい〟と素っ気ない看板が出ている。寺子屋なのだろうか。

江戸にやって来たのは初めてだが、備えあれば憂いなし、それなりに町場のことも調べてある。

御用聞きといえば、破落戸《ごろつき》だったものも多く、入牢《にゅうろう》したことのあるものも少なくない。蛇《じゃ》の道は蛇《へび》。

治安を乱すものを取り締まるために、犯罪者を使っていたのであった。御用聞きが嫌われた理由のひとつもここにあったのかもしれぬ。

この伝兵衛も、御用聞きになる前は、博奕《ばくち》をうったり喧嘩《けんか》をしたり、それなりに悪いことをしていた鼻つまみものだったけれど、今では〝捕物名人〟と呼ばれ、土地の者に好かれているという。

「捕物名人なんて呼ばれても、一銭にもなりゃしねえよ」

伝兵衛はそんなことを言っている。この言葉は照ればかりではなかった。このごろの岡っ引きは、みんな貧乏であるらしい。

御用聞きの上役の同心はお上《かみ》の役人であるが、御用聞きはお上に任命されたものではない。

言ってしまえば、同心の子分のようなものである。

同心が「鼻緒代《はなおだい》」という名目の小遣いをくれることはあったが、しょせんは小銭。家族におまんまを食わせることのできるような金額ではない。

そこで、〝朱引きの親分〟伝兵衛は食うために、寺子屋をやっているらしい。

しかし、伝兵衛に手習いの師匠は似合わない。

江戸中の悪党が震え上がるという強面《こわもて》の岡っ引きだけあって、鬼のような恐ろしい顔をしている。気の弱い女子供なら引きつけを起こしても不思議ではない。

この男が寺子屋の師匠をやったところで、子供たちが集まるとは思えなかった。寺子屋の師匠をやっているのは、伝兵衛の母だという。

その伝兵衛、煙管《キセル》をぽんとひとつ叩くと、改めて風太郎に聞く。

「越して来たばかりなのかい？」

「へえ、先月、扇橋の先の六兵衛長屋に越して来たばかりでございます」

里で教えられた言葉を遣ってみた。変相、変声、果ては変形《へんぎょう》まで別人になりきることは忍びの得意とするところだった。

俗に、忍びが市井《しせい》を歩くときに好む変相を〝七方出《しちほうで》〟という。虚無僧《こむそう》、出家、山伏、商人、放下師《ほうかし》、猿楽《さるがく》、常《つね》の形《なり》の七つである。

若い風太郎は常の形――すなわち、町人や武士など市井の人々になりきることを好んだ。先刻の口入れ屋での武家口調はあまり得意ではないが、丁寧な町人言葉は風太郎の本来の話し方に近く、無理やり感がないだけに気楽であった。

変相云々《うんぬん》は別としても、伝兵衛は妹と鳥にまで焼き芋を食わせてくれた恩人である。口のきき方には気をつけなければならないのは当然のことであろう。

「まだ右も左も分からない有様《ありさま》でして――」

馬鹿丁寧な風太郎の言葉を聞いて、ほうと伝兵衛は適当な相づちを打った。それから、おかしなことを聞いた。

「おめえ、剣術はできるのかい？」

鬼一仕込みの剣術が江戸で通用するものなのか、いささか心もとないので、

「へえ……」

と、言葉を濁していると、焼き芋を食い終えたふう子が口を挟んだ。

「お兄さまは剣術の達人なのです」

「ほう。そいつはすげえや」

本気で聞いているようには見えない。

「へえ」

風太郎は同じ言葉を繰り返す。他に答えようがない。

「お兄さまは強いのです」

「カァー」

しきりに言い立てる妹と烏をちらりと見て、伝兵衛は穏《おだ》やかに笑った。そして、風太郎に聞く。

「じゃあ、平気だな？」

何の説明もなしに、そう言われても返事のしようがない。何が平気なのかわからず、ぐずぐずと黙り込んでいると、娘の声が割り込んで来た。

「おとっつあん、それじゃあ、何もわからないわよ」

茶を盆に載せて、一人の娘が部屋に入って来た。

「おう、おめえか」

伝兵衛のひとり娘の綾乃《あやの》で、今年十六になる。

かわいらしく美しい盛りである。実際、器量よしであった。

しかも、綾乃はただの娘ではない。

〝本所深川の鬼小町〟

〝剣女〟

などと呼ばれている。

洒落《しゃれ》好きの江戸っ子が熱中していたものに番付という刷り物があって、定番の長者番付や美女の番付、はたまた、洒落で作られた総菜番付や飼い猫番付など数え上げればきりがない。

そんな星の数ほどある番付の中に〝女剣士番付〟というものがあり、そこにひとりの娘の名前が書かれている。

〝朱引き通りの綾乃〟

言うまでもなく、目の前の娘のことである。剣術の達人であった。

父の伝兵衛は、恨みを持たれやすい岡っ引き稼業で、娘の綾乃も逆恨みから危ない目にあわないともかぎらぬと、夜も眠れぬほどに心配していたという。

実際、伝兵衛ほどの捕物名人でも嫌がらせをする連中はおり、伝兵衛の家族も言うに言われぬ苦労をしていた。

気休めにと近隣の道場へ通わせてみたところ、筋がよかったのか、メキメキと腕を上げ、今では、通っている道場はおろか、深川でも指折りの女剣士と噂されるようになったのだった。

町人の娘が剣術を習うことは許されていなかったご時世のことで、いくらお江戸に聞こえた捕物名人の娘とはいえ、町人の娘にすぎぬ綾乃が大っぴらに道場へ通えるはずもない。綾乃は正式の門弟ではなく、こっそりと手ほどきを受けていた。人の口に戸は立てられず、手練れと噂になったのである。

大っぴらにできぬとは言え、物騒な世の中のこと。深川のあたりでは、剣術を娘に仕込む親は珍しくなかった。

何しろ、鉄火肌の深川芸者の土地柄で、おきゃんな娘も多く、女だてらに男言葉をあやつる者も珍しくない。

聞けば、風太郎の母である三冬も本所深川で育ち、剣術を仕込まれたひとりであったという。表に出て来ないだけで、男の剣士をしのぐ腕前の女は何人かいるのかもしれない。

それはさておき、十年も昔に流行病《はやりやまい》で女房をなくしている伝兵衛にしてみれば、大切なひとり娘である。

「おとっつあんは、いつだって、せっかちだから」

綾乃は言う。

深川の水で育っただけあって、ずけずけとものを言う娘で、聞いていて心地よいくらいに歯切れがいい。

「順を追って話さないと、風太郎さんにはわからないわよ」

美しい娘に名前を呼ばれ、風太郎はどぎまぎする。風魔の里の山奥で生まれ育っただけに町場の美しい娘になれておらず、綾乃の顔をまっすぐ見ることができない。

そんな風太郎を蚊帳《かや》の外に置いて、父娘《おやこ》は会話を続ける。

「面倒くせえ」

伝兵衛は茶をずずッとすすった。

「綾乃、おめえが話しな」

自分でもそのつもりだったのか、風太郎の正面に座るとしゃべり始めた。

「風太郎さん、〝ちょんまげ、ちょうだい〟ってご存じかしら？」

ちょんまげ、ちょうだい

深川界隈《かいわい》に〝ちょんまげ、ちょうだい〟と呼ばれる輩が出現するようになったのは、風鈴の音が寂しく聞こえる秋のころのことであった。

一言で言ってしまえば、〝侍相手の髪切り〟のことである。

辻斬《つじぎ》りは人を斬るが、髪切りは髪の毛を切る。髪切りなんぞ珍しくもないが、たいていは女の長い髪を切り落とす。しかし、〝ちょんまげ、ちょうだい〟は武家の髷を斬るのだった。

か弱い町娘ではなく、武家の髷を切るとなると、話は変わって来る。

何しろ、威張り散らす武士も多く、町人の間で二本差しは嫌われている。面と向かって逆らうことのできぬ町人だけに、〝ちょんまげ、ちょうだい〟に喝采《かっさい》を送る連中も多く、

「ちょんまげだけを斬り落とすとは、粋なお人もあったもんだねえ」

と、いつの間にか、芝居の役者につくような贔屓《ひいき》ができてしまっていた。〝ちょんまげ、ちょうだい〟とやらを読売りに書くと、それこそ飛ぶように売れるという。

しかし、髷を斬られた武家にしてみれば、武士道不覚悟、みっともない話であった。切腹をしようなんていう骨のある二本差しはいなかったが、それにしたって大騒ぎである。笑い事では済まない。与力同心を通して、〝朱引きの親分〟伝兵衛へ「犯人を見つけ出せ」とせっつくのであった。

伝兵衛も岡っ引き稼業をやってはいるものの、根っからの江戸っ子で、威張りくさった武家よりも〝ちょんまげ、ちょうだい〟とやらを贔屓にしていた。

「一人ぐれえ腹を切るか、首でも斬られればいいんだけどな」

と、公然と嘯《うそぶ》くのだから、ひどい岡っ引きもあったものである。

伝兵衛がこんな様子なので、手下の下っ引きたちが動きたがるわけがない。酒を飲んでは文句を言い合っていた。

「髷の一つや二つで大騒ぎすんじゃねえやなあ。〝ちょんまげ、ちょうだい〟がおっかねえのなら、歩き回らなけりゃいいんだ」

そうは言っても、伝兵衛にしても同心与力の旦那《だんな》から十手《じって》を預かっている身なのだ。せめて、不埒《ふらち》な犯人をさがしておりますという恰好《かっこう》を見せておく必要があった。

そこで、口入れ屋から仕事にあぶれている、よそ者の若者――つまり、風太郎を調達してきたというわけだった。

本気で〝ちょんまげ、ちょうだい〟を捕まえるつもりもなければ、もちろん風太郎が捕まえると考えているわけでもないようだ。

二本差ししか襲わぬ〝ちょんまげ、ちょうだい〟なので、危ないことはなかろうが、剣術を遣えるのなら、それに越したことはない。

綾乃に話すことを任せると言っておきながら、伝兵衛は口を挟む。

「たいした銭はやれねえが、飯は好きなだけ食わしてやるからよ」

十分である。自分とふう子の口を養えれば何の文句もない。

飯の心配がなくなったと分かると、いくらか口が軽くなって来る。

「しかし、〝ちょんまげ、ちょうだい〟なんて、おかしな名ですねえ」

気にかかっていたことを口に出してみた。

「まあな」

ちょんまげというのは、本来、髪の少なくなった老人の髷、すなわち「丶髷《ちょん》」のことである。風太郎の知るかぎり、若い侍の髷をちょんまげとは呼ばない。それなのに、この迷惑な輩は若い侍の髷を斬っても、

〝ちょんまげ、ちょうだい〟

と、墨で書いてある文を残していくのであった。

髷の呼び名を知らない田舎者なのか、腑抜《ふぬ》けばかりになってしまった武士どもへの嫌味なのかわからぬが、講談や絵草紙の大泥棒よろしく、わざわざ証拠になるような文を残して行くのは、百害あって一利なしであろう。

「お江戸にはおかしな人がいらっしゃるんですねえ」

風太郎は首をかしげながらも、口入れ屋に行く前に見た騒ぎを思い出す。散切り頭の武士らしき男が泣いていたが、あれが〝ちょんまげ、ちょうだい〟とやらの被害者だったのだろう。

「暇を持て余した、どこその与太郎のしわざだろうな。そのうち、飽きちまうと思うがな」

気のない様子で伝兵衛は言った。

しかし、与太郎風情《ふぜい》のしわざとは思えない。

(並の腕前ではあるまい)

聞けば、〝ちょんまげ、ちょうだい〟とやらは殺すどころか怪我《けが》もさせずに、髷だけ斬り落とすというのである。首を斬り落とす方が、はるかに易《やさ》しい。かなりの達人でなければできないことである。

そう思うと、今回の一件は、いっそう訳が分からない。銭金を奪うでもなく、傷つけるでもない。侍を相手に刀を抜くのだから斬られてしまっても文句は言えぬ。斬られるかもしれぬ危険を冒してまで、髷を斬る理由が風太郎にはわからなかった。

(ちょいとばかり厄介《やっかい》な仕事かもしれないねえ)

虫の知らせとやらなのか嫌な予感がする。真っ先に思い浮かんだのは、父から押しつけられた任務——つまり、抜け忍のことだった。

手練れの忍びの技を持ってすれば、天下泰平の江戸の世で安穏と暮らす武士の髷だけ斬り落とすことなど訳もなかろう。

一方、最初《はな》から捕らえる気がないだけに、伝兵衛は呑気《のんき》なものである。

「まあ、そんなわけだ。適当にやってくれ」

と、欠伸《あくび》混じりに風太郎に丸投げしてしまった。

「はあ……」

風太郎は曖昧《あいまい》にうなずいた。〝ちょんまげ、ちょうだい〟を捕まえることができるかどうか定かではないが、追いかけているふりでもしていれば、とりあえず飯を食わせてもらえるらしい。しかも、伝兵衛にとってどうでもいいことのようで、期限さえも切られていなかった。勝手に深川を歩き回っていればいいと言うのである。

抜け忍の話を忘れれば、至って気楽な仕事だ。どうしたものかと、ちらりと横を見れば、いっそう気楽な者がいた。

くー、くー

と、ふう子が寝息を立てている。焼き芋を食って眠くなったのだろう。眠りこけているのはふう子だけではなかった。

ちょいと妹の懐をのぞくと、カースケまでもがカアカアと寝息を立てている。揃《そろ》って、ぐっすりと眠っている。

焼き芋を食わせてもらった上に、寝てしまうのは、幼い娘であろうと行儀が悪い。

「おい、ふう子――」

と、起こそうとしたところ、女の声が風太郎を止めた。

「寝かせておいておやりよ」

見れば、七十くらいの老女が茶のおかわりを持って立っている。

「おっかさん、すまねえな」

そう言いながら、伝兵衛は婆《ばあ》さんから茶を受け取った。

この女が、伝兵衛の母のおよねであるらしい。婆さんにしてはいかつい顔をしているが、若いころは、そうとうな美人であったと、およね本人は言っている。ちなみに、寺子屋の師匠をやっているのは、このおよねである。

「しかし……」

「ここに寝かしておけばいいだろ。その間に、ちょいと見回ってればいいのさ」

伝兵衛は言う。早速、〝ちょんまげ、ちょうだい〟とやらをさがしに行けと言うのである。

「腹ごなしに、ちょうどよかろう」

散歩して来いと言わんばかりの気楽さである。

「はあ……」

それでも迷っていると、今度は綾乃が口を挟んだ。

「ふう子ちゃんのかわりに、わたしが一緒に参ります」

「へ？」

「風太郎さん、江戸に出て来たばかりじゃないの。ひとりで歩き回って、迷子になられては困ります」

なぜか年下の娘に子供扱いされている。

「へえ……」

どう返事をしていいのかわからず、ちらりと伝兵衛を見たが、岡っ引きの親分は「あっしには、かかわりのないことでござんす」とばかりに煙管を遣っている。

女の強い江戸の町の男にはよくあることらしいが、娘であろうと女のやることに、「口出しせぬ」と決めているのかもしれぬ。

「風太郎さん、待っていてください。用意をして参ります」

綾乃は行ってしまった。風太郎の返事など聞いていない。

「——親分さん、〝ちょんまげ、ちょうだい〟の残した文とやらを見せてくれませんかね？」

「おう」

と、腰の軽い伝兵衛は立ち上がる。

本来であれば、お役目にかかわるものである。気軽に見せられるものではないのだろうが、風太郎を信じ切っているのか、〝ちょんまげ、ちょうだい〟をさがす気がないのか、至って気楽に文を見せてくれた。

「相済みません」

恐縮しながら、風太郎は文を広げた。

どこかで見た覚えのある文字が並んでいる。

（こいつは……）

†

〝朱引きの親分〟の娘が見慣れぬ若い男を連れて歩いている。

それも、その男ときたら粗末な着流し姿で、どこか垢抜《あかぬ》けぬところはあったけれど、人形のようにすらりと目鼻立ちが通っており、すれ違う若い娘たちが、ぽかんと口を開けて見送ってしまうほどの男ぶりなのだ。物見高い深川の町人たちが騒がぬはずはない。

「ちょいと見ねえ。親分ところの娘、ずいぶんいい男を連れてやがる」

「あら、本当だねえ。役者かなんかかねえ……」

本人たちは小声で囁《ささや》いているつもりなのだろうが、なにしろ地声が大きく、聞きたくもないのに風太郎の耳に飛び込んで来る。

「綾乃ちゃんのいい人かねえ」

風太郎としては身の置き場がない。頬に血が昇っているのが分かる。

一方、綾乃は、そんな連中のことなど眼中にないようで、「あそこのお団子は甘いの」

だの「帰りに甘酒を飲みましょう」だのと、はしゃいでいる。男っぽいと言っても、そこはやはり若い娘のことで、大の甘い物好きであるという。

深川の町人たちが逢い引きと勘違いするのも無理のない話で、誰がどう見たって、お役目で〝ちょんまげ、ちょうだい〟をさがしているようには見えない。

それにしても江戸は人が多い。至るところから見られている気がして、どうも落ち着かぬ。

風魔の里の野山を朝から晩まで走り回っても疲れないのに、ほんのちょいと歩いただけでぐったりとしてしまった。

しかも、疲れているだけではない。腹が減っていた。

さっき伝兵衛の家で焼き芋を馳走《ちそう》になったが、若い風太郎にはまだ足りぬ。しつこく、ぐるるぐるると腹の虫が鳴いている。静かにしろと命じてみても、腹の虫は言うことを聞いてくれない。

ぐるるの音を綾乃が聞きつけた。

「あれ？　風太郎さん、お腹が空いたのですか？」

「へえ……」

もとより、弁が立つわけではなかったが、綾乃が相手だといっそう言葉が上手く出て来ない。

嫌いというわけではないが、なぜか調子が狂うのだ。しゃべろうとすると、胸がどきどきする。

そんな風太郎に気づきもせず、綾乃は気楽な様子で言葉を続ける。

「どこかで、何か食べましょうか？」

「へえ」

結局、どこかの奉公人みたいな返事を繰り返すばかりの風太郎だった。

†

綾乃に連れられてやって来たのは、大川堤《づつみ》の近くにある一軒の小さな飯屋だった。看板には〝めしや　こはる〟と味も素っ気もない文字で書かれている。

〝こはる〟には綾乃の幼馴染《おさななじ》みで同い年の蕗《ふき》という娘がいるらしい。

ちなみに、包丁を握っているのは、蕗の兄で松吉《まつきち》という二十をいくつかすぎたころの男であると綾乃は言う。

「松吉さんは腕のいい庖丁人なんです」

身内のことのように自慢する。

「へえ」

返事をしたものの、なぜか、風太郎は面白くない。会ったこともない松吉なのに、どうにも嫌な男のように思えて仕方がないのだ。

無愛想な顔になった風太郎に頓着《とんちゃく》することなく、うれしそうな顔で綾乃は言葉を続ける。

「日本橋の有名な料理屋で修業したんです。鰻《うなぎ》だって何だってさばくのですよ」

ならば、ずっと日本橋にいればよかったのに、と声に出さずに悪態を吐《つ》く。

聞きたくもない話を綾乃はやめようとしない。

「でも、二人のおとっつあんが流行病《はやりやまい》で死んじまって、〝こはる〟へ帰ってきたんですが、そのときも、日本橋のご主人に〝残ってくれないか〟と引き留められたと言っていました。店をよすときも、ご主人が包丁を一揃いあつらえてくれたのです」

言うだけなら、何とでも言えるさ。そんな言葉が口から飛び出してしまいそうだった。

(あたしは何をひねくれているのかねえ……)

自分でも自分がわからない。

松吉を胡散臭く思うのは忍びの嗅覚《きゅうかく》かもしれないが、世話になっている伝兵衛の娘にひねくれたことを言い出しかねないなんて、どうかしている。

おかしなことを口走らぬうちに、風太郎は聞いた。

「ここへは、よく来るんですか？」

「ええ、近いし」

綾乃は屈託《くったく》がない。

こはるは伝兵衛の家から四半刻《しはんとき》ばかり歩いたところにある。

武家に職人、出稼ぎと、男所帯の多い江戸の町には食い物屋が多い。茶屋や料理茶屋、屋台見世と、外で食う店には事欠かなかった。

〝こはる〟は庶民相手のいわゆる一膳飯屋である。このごろではよくある話だが、日が落ちるとちょっとした酒をのませたりもするが、堅気《かたぎ》の娘が飯を食うこともできる店だった。

江戸田舎の一膳飯屋だけあって、決して大きい店ではない。

十人も入れば満席になってしまうが、そういうときには床几《しょうぎ》を出して、外で食わせたりもする。とにかく、

「安くて、旨い。しかも、たっぷりと食える」

と、深川の貧乏人や職人の間で評判の飯屋だそうだ。親の代から十年以上も続く飯屋で、今は兄妹二人きりで切り盛りしている。

こはるは、気取らぬ深川の飯屋らしく頼まれればたいていのことはやってくれる。例えば、簡単な弁当のようなものを作って届けたりもするという。口の肥えた色町の妓《ぎ》からも引きがあるというのだから、綾乃の言うように腕はよいのだろう。

「美味《おい》しいから、風太郎さんも気に入ると思うわ」

綾乃はさっさと歩いて行く。

「あの……、お嬢さん」

風太郎はのれんをくぐる前に綾乃に話しかけた。飯屋へ入る前に、言っておかなければならないことがある。

「ん？　なあに？」

「銭《おあし》を持っていないのですが」

こんなことを言うのは情けなくもあったが、飯を食ってしまってからでは手遅れだ。風太郎の懐には一銭もない。すると、綾乃は気取った口調で、

「わかっております。お祖母《ばあ》さまから言われておりますから」

と言った。

風太郎が腹を減らしていることを見越して、およねが銭を持たせてくれたらしい。亀の甲より年の功。風太郎は胸の中で、しわくちゃの婆さんに手をあわせると、一膳飯屋のの

れんをくぐった。

「いらっしゃいッ」

歯切れのいい娘の声が聞こえた。

背丈の低いぽっちゃりとした娘が洗いざらした前掛け姿で、風太郎と綾乃のことを出迎えてくれた。

この娘が蕗らしい。綾乃の姿を見ると、

「あら、綾乃ちゃん」

と、にっこりと笑った。男っぽい、サバサバした綾乃と違って、柔らかな綿のような笑顔だった。風魔の里には、こんな笑い方のできる娘はいない。

「こんにちは」

名乗るべきか分からなかったので、とりあえず頭をぺこりと下げた。

「へえ」

馬鹿の一つおぼえよろしく、気の利かない挨拶しかできぬ風太郎に、綾乃が言葉を添えてくれた。

「風太郎さんよ、蕗ちゃん」

「あら、お役目の人？」

蕗が綾乃に聞いた。

当然と言えば当然のことだが、付き合いの長い蕗は、綾乃が〝朱引きの親分〟伝兵衛の娘であることも承知していた。

伝兵衛は手下を何人も遣っている。

公式の役人ではない岡っ引きの手下となれば、給金のないことは珍しくなく、その代わりに、岡っ引きは手下が飢えぬよう飯の世話をする。その手下の一人を連れて、飯を食いに来たのだと思ったようである。

考えるまでもなく、風太郎は〝ちょんまげ、ちょうだい〟をさがすために伝兵衛に雇われた男で、手下と言えば手下である。

男女七歳にして席を同じゅうせず。

何のかかわりもない男女が一緒に歩いているのを見られては、嫁入り前の綾乃の評判に障《さわ》る。

(ここはお役目の人にしておいたほうが話が早い)

と、風太郎は思い、返事をしようと口を開きかけたが、それより早く綾乃があっさりと否定した。

「違うわよ、蕗ちゃん」

「あら、違うの？」

だったら、誰なの、と聞きたそうな顔をしている。自分の店に正体の分からぬ男がいては気になるのも当然だろう。

幼馴染み相手ということもあって、綾乃は、うんと童女のようにうなずき、

「風太郎さんは江戸へ来たばかりなの」

と、言ったのであった。

これでは何の説明にもなっていない。嫁入り前の娘が、江戸へ来たばかりの男と歩いていることになってしまう。何を考えているのか綾乃ときたら、〝風太郎さん〟と名前を言ったきり、何の言葉も付け加えようとしないのだ。

しかし、蕗はふうんと言っただけで、納得したらしい。

（へえ……）

風太郎は感心する。

風魔の里へ見知らぬ人が流れて来た場合、一族の忍びに囲まれ、三日三晩は質問攻めにあう。

どこの誰なのか、そして、何の目的でやって来たのか、里の者たちを納得させることができなければ、追い返されるか殺されてしまう。ずっと、それが当たり前だと思っていた。

それなのに蕗は風太郎のことを疑うそぶりも見せない。説明になっていない綾乃の言葉にうなずき、あっさりと風太郎のことを受け入れてしまった。

（こんなに簡単でいいのかねえ……）

聞けば、流れ者の多い本所深川では、一々、身元など聞かず、人となりを見て付き合うかどうかを決めるという。

身分があろうと金持ちだろうと、気に入らぬ者とは付き合わぬと言う町人が多いらしい。思い返してみれば、風太郎も伝兵衛にたいしたことは聞かれなかった。「人の数だけ事情がある。それを聞くのは野暮ってものなんだ。おめえが誰だって関係ねえさ」と言ってくれた。

やがて蕗が飯を運んで来てくれた。飯より先に、旨そうなにおいが風太郎の鼻に届き、腹の虫がぐるるぐるると騒ぎ出す。

「奈良茶飯《ならちゃめし》よ、たんと召し上がれ」

汁物や漬け物と一緒に、丼《どんぶり》に盛られた色のついた飯を置いてくれた。

「奈良茶飯……ですか？」

風太郎は首をかしげる。風魔の里にはこのような食いものはなかった。そもそも、食い物屋を見たのは、生まれて初めてである。

江戸は食いもの屋の多い町で、「五歩に一楼、十歩に一閣、皆飲食の店にならざるはなし」と言われている。

そんな江戸の町で流行っているのが、この奈良茶飯と呼ばれる茶の風味のある飯だった。

作り方は店によって様々らしいが、こはるでは挽茶《ひきちゃ》と醬油《しょうゆ》味の出汁《だし》で飯を炊き上げ、炒《い》り黒豆や小豆《あずき》、焼き栗などが混ぜてある。

〝奈良茶飯〟の名の通り、奈良の東大寺、興福寺《こうふくじ》の僧舎で作られたのが始まりと言うが、江戸でも明暦の大火の後、浅草に奈良茶飯の店ができて大繁盛している。

茶飯とあんかけ豆腐を売り歩く茶飯売りもおり、江戸っ子の間では知らぬ者のいない食い物だった。今や、江戸の名物と言ってもいい。

おそるおそる口に運んでみると、舌の上でほろりと飯と茶の味が広がった。信じられぬほどに旨い。

気づいたときには、大振りの丼を抱えるようにして、奈良茶飯を掻き込んでいた。

無我夢中で食い終えた後、風太郎は正直な感想を口にした。

「こんな旨いものを食べたのは、生まれて初めてです」

少なくとも、風魔の里にはない。

空《から》の丼を手に目を丸くしている風太郎を見て、蕗が、うふふと笑った。

「それはありがとう。でも、ただの奈良茶飯よ。兄さんも言っていたけど、料理のうちにも入らないわ」

「松吉さんは真面目ですもん」

「料理の修業だけは、ね」

蕗が言葉を付け加える。茶化した口振りだが、兄のことを好いているようである。きっと仲のいい兄妹なのだろう。

聞けば、松吉は包丁修業に熱心な男で、どこへ行くにも包丁を晒《さら》しに巻いて持ち歩くという。これは庖丁人に限らず珍しいことではない。大工道具を常に持ち歩く職人もいるし、風太郎だって忍び道具を持ち歩いている。

噂をすれば影が差す。

板場から、とうの松吉が顔を出した。

「おう、誰かと思えば、伝兵衛親分とこの綾乃お嬢さんじゃありませんか。いらっしゃいまし」

威勢のいい声と裏腹に、松吉は小柄な男だった。

どのくらい小さいかと言うと、小柄な綾乃よりも頭一つ小さい。背丈のある風太郎と並んで立てば、大人と子供に見えるかもしれない。

その松吉、風太郎を物珍しげに見ると、江戸言葉で話しかけてきた。

「おめえさん、見ねえ顔だな」

「へえ――」

どことなく気に入らぬ男だが、礼儀として挨拶くらいはしておこうかと口を開きかけたとき、

「お藷坊、松吉、酒をおくれ」

酔っ払いが庖丁人を呼んだ。

飯時分から外れているためか、こはるは空《す》いていた。

今さらのように店内を見ても、風太郎たちの他に、松吉を呼んでいる酔っ払い一人しかいなかった。

里と違って、江戸の町に酔っ払いは珍しくもない。

「箱根からこっちに下戸《げこ》と化け物はいねえ」

と、妙なことに胸をはっている江戸っ子のことである。食いもの屋をやっている松吉にしても手慣れたものであったろう。

「あいよ、すぐ持って行きますぜ、若旦那《わかだんな》」

そう言っただけで動こうとしない。それどころか、風太郎と綾乃を前に、

いう。
聞けば、目の前の酔っ払いは、こはるの常連で、毎日のように足を運んでくれる客だと
と、顔を顰《しか》めている。
「困ったもんです」

「昔はお酒なんて飲まなかったのに」

蕗が困った顔で呟いた。

狭い店だけに蕗の呟きが聞こえたのか、若旦那とやらが言葉を返す。

「酒でも飲まないと、やってられないんだよ」

大の男が今にも泣きそうな顔をしている。

「与兵衛《よへえ》さん、みっともねえ」

と、松吉が若旦那——与兵衛を諌《いさ》めるが、馬の耳に念仏、酔っ払いは聞いていない。

「あたしの話を聞いておくれよ」

誰に言うともなく、若旦那は我が身に降りかかった不幸を話し始めた。

大小の違いはあれど、世の中、色町はどこにでもある。

江戸の遊里と言えば吉原《よしわら》だが、色町はそこかしこにある。例えば地元の深川の辰巳《たつみ》芸者は、きっぷと張りで評判を取っている。

その辰巳芸者とはちょいと毛色が違うが、深川には、もう一つ、〝紅琴《こうきん》通り〟と呼ばれる色町があった。

吉原や辰巳芸者を相手にするより安く遊べると、一部の江戸の男たちの間で評判の色町である。

その紅琴通りで、いちばん大きな妓楼《ぎろう》の主人が、この与兵衛だった。何代も前から紅琴通りで顔役を務める家柄で、ほんの二、三年前に〝与兵衛〟の名を継いだばかりであるが、根がお人好しにできており、妓たちの評判は悪くない。

評判のよいお人好しにはよくあることだが、与兵衛には度胸というものがまるでなかった。

どんな綺麗事《きれいごと》を言ってみたところで、女を売って銭を稼ぐ亡八《ぼうはち》商売である。吉原、辰巳芸者は言うに及ばず、江戸中の色町の顔役と張り合わなければならない。

血の気《け》の多い連中も多い世界のことで、切った張ったの荒事は珍しくなかった。度胸のない与兵衛は揉《も》め事が起こるたびに他の顔役に舐《な》められ、損ばかりさせられていた。

そんな与兵衛に擦《す》り寄って来たのが、〝本所四ツ目の銀蝮《ぎんまむし》〟と呼ばれる金貸しである。

気の弱い与兵衛の代わりに揉め事を片づけてくれた。いくらかの銭は取られるものの、あっという間に銀蝮は、なくてはならない男となったのだった。

〝銀蝮〟などと呼ばれる金貸しに気を許した先に何があるか、そんなことは子供でも想像できる。

気づいたときには、いんちき博奕に巻き込まれ、身ぐるみを剝《は》がされていた。

しかも、銀蝮と呼ばれるだけあって、与兵衛を叩き出すことはしなかった。自分は表に出ず、カタチばかりの店主として与兵衛を扱《こ》き使い続けるのだった。

泣き上戸《じょうご》らしく、唯一、相手をしてくれる菭に泣き言を並べている。

「あんなところへ帰りたくないんだよ」

「はあ……」

蕗は困ったような顔で立っている。

よくある話と言えばそれまでだが、さすがに気の毒に思えるのだろう。

「ずっと、ここへ置いておくれよ。水仕事でも何でもやるからさ」

水仕事どころか布団の上げ下ろしさえやったことがなさそうな細腕をしているくせに、与兵衛はいい加減なことを言っている。

「いえ、それは……」

困り果てる蕗を見て、ようやく松吉が口を挟んだ。

「若旦那、ちょいと飲みすぎですぜ」

酔っ払いにかける言葉としては、まるで上手くない。

どうも松吉という男は料理上手であるだけで、その他のことはからっきしの類《たぐい》の男らしい。口の利き方一つを取ってみても、どこかあか抜けない。

口を挟んだはいいが、与兵衛を脅すつもりなのか宥《なだ》めるつもりなのかわからぬ中途半端なもの言いだった。これでは収まるものも収まるまい。

案の定、与兵衛はおとなしくなるどころか、怒ったように声を荒《あら》らげる。

「松吉、おまえさん、うるさいよ。銭を払っている客に、したり顔で説教なんぞするものじゃないよ。酒がまずくなる」

「そんな説教だなんて……、飲みすぎは、お身体に悪いですぜ」

「黙っておいで」

気の利いた台詞《せりふ》の一つも言えず、逆に、酔っ払いにぴしゃりと言われる始末であった。

その上、蠅《はえ》か野犬でも追い払うように与兵衛は松吉に手を振って見せた。シッ、あっちへお行きとでも言いそうである。

これには松吉も、かちんと来たのだろう。

「うちは飯屋ですぜ、若旦那。飲みてえなら、他へ行っておくんなせえ」

と、決めつけた。

小柄ではあったけれど、そこは刃物片手の殺生《せっしょう》稼業だけあって、それなりにさまになっていた。酔っ払いくらい追い払えなければ、気性の荒い酒飲みの多い深川で暖簾《のれん》を出すことなんぞできないのかもしれぬ。

が、しかし、

「松吉。おまえさん、誰に口を利いていなさる」

と、言い返されると、青菜に塩。松吉は、しゅんとなってしまった。

「こいつは出すぎた口でした。勘弁してくだせえ」

と、頭を下げると店の隅へと行ってしまった。

こうなってしまうと、与兵衛でなくとも気まずい。不味《まず》そうに酒を飲み干すと、紅琴通りの若旦那は、

「蕗ちゃん、また来るよ」

と、立ち上がった。居たたまれなくなったのだ。

気まずい空気の中、事件は起こった。勘定を払って、与兵衛が店を出ようとしたときのことである。

店に三人の破落戸《ごろつき》どもが入ってきた。こはるに不似合いな薄汚れた男どもである。入ってくるなり、一番、年かさらしき破落戸が与兵衛を見て言った。

「若旦那じゃありませんかい」

にやにやと汚い歯を見せて笑っている。

「こんなしけた店で飲んでいらっしゃるんですか？」

「どこで飲もうと、あたしの好きだろ。放って置いておくれよ」

そう言いながらも、腰が引けている。

「紅琴通りで飲みなせえ」

へっ、と破落戸は笑った。与兵衛は相手にすることを止《や》め、

「もう帰るところだよ」

口の中で、そんなようなことを言うと、深川の町へとよたよたと出て行ってしまった。

(今度は何の騒ぎだい?)

さっきから風太郎にはわけがわからない。何が起こっているのか、さっぱりわからなかった。

綾乃が小声で教えてくれた。

「銀蝮の子分たちよ」

(その子分とやらが、何しに来たんだろう?)

風太郎は首を傾《かし》げた。

飯を食いに来たようにも酒を飲みに来たようにも見えない。ましてや、松吉や蕗と親しい仲でもあるまい。一瞬、

(与兵衛さんに嫌がらせをしに来たのかねえ)

と、思ったが、それも、しっくりと来ない。搾《しぼ》り取るだけ搾り取り、今も与兵衛を利用しているわけで、嫌がらせをする理由などなかろう。

それに、わざわざ足を運んで嫌がらせをした割りには、あっさりと見逃している。

「相済みません、兄さん方」

ようやく松吉が口を開いた。この寒いのに額に汗を光らせている。

しかも、破落戸が怖いのか、やけに腰が低い。

「客のいる時刻ですんで……、せっかく足をお運びいただいたのに、済みませんが、お引き取り願えませんでしょうか」

下手《したて》に出ればつけ上がるのは破落戸稼業の定石《じょうせき》である。ただでさえでかい顔をおっぴろげて、因縁をつけ始めた。

「おう、おう、おうッ。こら、松吉」

「へえ……」

「おめえ、誰に向かって口きいてやがんだ?」

破落戸のくせにたいそうなことを言っている。

「こちとら銀蔵《ぎんぞう》親分の名代《みょうだい》だぞ? おめえは恩ある銀蔵親分に〝出て行け〟と言うのかい?」

虎の威を借る狐《きつね》であった。それにしても、破落戸の言葉は引っかかる。

(恩あるだって?)

一膳飯屋の庖丁人が銀蝮に何のかかわりがあるのだろうか。買い言葉に売り言葉かもしれぬと思っているると、松吉が土下座せんばかりに頭を下げた。

「とんでもございません」

汗で手ぬぐいが、びっしょりと濡れている。誰がどう見たって、松吉の様子は尋常ではない。まるで病持ちのように見える。

ふらふらと遊んでいる破落戸ごときを相手に怯《おび》えすぎている。

手に負えぬのなら、人を呼ぶなりすべきなのに、松吉は縮こまる一方である。

いくら頼りなかろうが、食い物屋の主人の取るべき態度ではない。

それに比べ、破落戸どもの声はますます大きくなる。

「おめえがそのつもりなら、こっちにも料簡《りょうけん》ってもんがありゃあさ。わかってんな、松吉ッ」

黙っていられず、思わず口を開こうとしたとき、一足先に娘の声が破落戸どもを叱《しか》りつけた。

「ちょっと静かにしてくれないかしら」

声の主は、綾乃である。

まさか、小娘に叱りつけられると思っていなかったのだろう。破落戸どもが驚いた顔をしている。

綾乃は言葉を続ける。

「ご飯を食べないなら、さっさと帰れば？」

小娘に早く帰れと言われて、おとなしく帰る破落戸はいない。

「あん、何だと？」

破落戸どもが、綾乃と風太郎の方へと歩み寄ってきた。

一丁前に楊枝《ようじ》などくわえて、いっぱしの悪者を気取っている。

（これは面倒なことになったねえ……）

風太郎は破落戸どもを眺めた。

これから喧嘩をしようというのに、一人残らず、隙だらけである。その上、ろくに鍛えてないのか、足腰がふらついている。

たいした連中ではない。この程度であれば、何人いようと手練れの忍びである風太郎の相手にもならぬであろう。

頼りないように見えても風太郎は、風魔小太郎の跡を取って頭目になる男である。

忍術だけではなく、剣術も遣える。

背中には忍び刀を隠しているし、懐には手裏剣《しゅりけん》として遣う馬針《ばしん》を忍ばせている。

素手で倒せぬこともできなくはないが、忍びの性《さが》として、なるべく自分の力を見せたくなかった。

先刻、ふう子が風太郎を「剣術の達人なのです」と言ったが唯一人として信じていないようで、それならば、ただの若者に徹した方がいい。忍びの正体を隠す以上、何事も目立たぬに越したことはない。

（さて、どうしたものかね）

考えている暇はなかった。

むさ苦しい男が目の前までやって来ていた。酒と汗臭いにおいが漂ってくる。

「お嬢ちゃん、もういっぺん言ってくんねえか」

綾乃に手を伸ばした破落戸を遮《さえぎ》るように、蕗が立ち塞《ふさ》がった。

震える声で蕗は言う。

「お客さん、よしてください」

松吉なんかよりも、ずっとしっかりしている。

だが、体格が違いすぎる。蝿でも払うように、

「どきな」

と、突き飛ばされてしまった。

きゃあと悲鳴を上げて、蕗の丸い身体が転がった。

今度は綾乃が眦《まなじり》を上げる。

もりなのだろう。

「いい加減になさいよ」

「女どもの方がいい度胸してやがる」

へへっと下卑《げび》た笑みを浮かべると、綾乃の身体へと手を伸ばした。尻の一つも撫でるつもりなのだろう。

しかし、――ぴしゃりッ。

綾乃の手のひらが破落戸の頬を打った。

「気安くさわらないでください」

凛《りん》とした声がこはるに響いた。

きりりッとした綾乃の姿は、まるで千両役者のようであったけれど、これで破落戸どもも引き下がれなくなってしまった。

(まずいねえ)

風太郎は顔を顰《しか》める。

娘に頬を打たれて尻尾《しっぽ》を巻いたとなれば、深川どころか江戸中の笑い物である。綾乃は正しいのかもしれないが、喧嘩の仲裁には向いていない。

案の定、綾乃に頬を打たれた破落戸は、怒りで顔を赤く染める。そして、

「おう、女ッ。ふざけやがって」

と、懐に呑《の》んでいた匕首《あいくち》をぎらりと抜いて見せたのだった。

刃物を目の当《ま》たりにして、さすがの綾乃も怯《ひる》んだ。

気が強かろうと、剣術を習っていようと、ぎらりと光る刃物を目の当たりにして怯まぬ娘はいない。

そんな綾乃を見て、破落戸どものにやにや笑いが大きくなった。

「ちょいとばかり、かわいがってやるかい」

弱い者をいたぶるのが楽しくて仕方がないのだろう。

破落戸の相手なんぞしたくもなかったが、黙って見ているわけにもいかない。

「――まあまあ、やめましょうよ」

風太郎は綾乃と破落戸の間に割って入った。

「関係ねえ野郎は、すっこんでいやがれッ」

「そんな大声を出さなくても聞こえているよ」

「何をッ」

いきり立つ破落戸どもであった。風太郎に挑発されているとも知らずに、にじり寄ってくる。

袖《そで》に隠れて見えぬが、風太郎の右手には馬針が握られていた。もみ合いに紛《まぎ》れて破落戸どもを刺すつもりであった。

人間の身体には、刺されても血が出ず、命だけが縮まる急所というものがある。忍びである風太郎は、その急所を熟知していた。

もちろん、殺すつもりはないが、人の身体というものは、思いのほか弱くできており、馬針で刺す以上、相手が死ぬこともあり得た。

殺しても仕方がない。瞬時に風太郎は覚悟を決めた。

馬針を握り直したとき、男の声が耳を打った。

「待ちねえッ」

見れば、松吉が青い顔をしながらも、大声を上げている。風太郎の動きがぴたりと止まった。誰一人として気づきはせぬだろうが、破落戸どものの命を救ったのは松吉であった。

「兄さん方、こんなことをしちゃあ、〝朱引きの親分〟に引っくくられますぜッ」

「う……」

伝兵衛の名を聞いただけで怯んだ。それでも、まだ強がってみせる。

「何の関係があるんでえ？」

「兄さん方が、さっきからからんでいらっしゃる娘さんの顔を、じっくりと見ておくんなまし」

「ん？」

破落戸どもの目玉が綾乃へ集まった。それから、一寸の沈黙の後、

「あッ、まさか」

と、間抜けな声を上げたのだった。

「伝兵衛親分のお嬢さんですぜ」

言わずもがなの松吉の言葉に男どもの顔色が青ざめた。深川の破落戸が伝兵衛を知らぬはずがない。

江戸中の悪党が震え上がる〝朱引きの親分〟だけあって、名を聞いただけで破落戸どもは狼狽《ろうばい》している。

ましてや、知らぬこととはいえ、伝兵衛の娘の尻を撫でようとしたのである。青ざめるのも当然だろう。

「ここは引いた方がいいのじゃ、ございませんか」

松吉が調子に乗っている。後先を考えない男である。

破落戸どもは綾乃から目を逸《そ》らし、松吉をぎろりと睨《にら》みつけた。そして、

「てめえ、いい度胸だな、夜にでも出直すぜ」

と、低い声で言い捨てると、こはるから出て行ったのであった。

お天道様が沈むのを待って、風太郎は動き出した。

忍び刀を背中に隠すと、音もなく六兵衛長屋の屋根に上がった。

腐りかけ風が吹いただけで、ぎしぎしと音が鳴るおんぼろ長屋なのに、六尺はあろうかという風太郎が屋根に飛び乗っても、ぎしりの音一つしない。風太郎の身体は、まるで枯れ葉か桜の花びらのようにふわりとしている。

†

延宝四年、西暦一六七六年に伊賀の藤林《ふじばやし》左武次《さむじ》が著した忍術の秘伝書『萬川集海《ばんせんしゅうかい》』に、忍びの在《あ》り方について、こんな一文が記されている。

〝音もなく匂《にお》いもなく、智名もなく勇名もなし〟

忍びとして生まれ育った風太郎にしてみれば、音を立てぬのは当然のことである。その風太郎を追いかけるようにして、小さな影が屋根に上がって来た。

「お兄さま、待って欲しいのですッ」

追いかけて来たのは、妹のふう子だった。相変わらず、肩に小鳥のカースケを載せている。

年端《としは》も行かぬふう子だが、屋根の上を平然と歩いている。

風魔の里で木登りに明け暮れていた妹にしてみれば、長屋の屋根など高いところに入らない。地面の上にいるのと少しもかわらなかった。

長屋に追い返そうかとも思ったが、言うことを聞く妹でもない。言い争うよりは連れて行ってしまった方が面倒も少ないだろう。

闇に沈む忍び語りで、風太郎はふう子に言う。

「よし、背後を頼む」

風魔の忍びは二人一組で行動するのが決まりである。一方が任務遂行のために前へ前へと切り込み、もう一方がその背後を守る。また里へのつなぎも背後の忍びの役割だった。この背後の忍びは、たいてい〝くノ一〟と呼ばれる女忍びの仕事となっている。

くノ一の修行をしていないふう子であったけれど、そこは小太郎の娘。素早い黒猫のように風太郎の後についてくる。

ちなみに、屋根の上を走っているのは万一の用心であった。

今の今まで江戸に顔見知りはいなかったけれど、伝兵衛から仕事を請け負ったために、風太郎とふう子の顔が割れてしまった。たとえ夜であっても、人通りのあるところを走るわけにはいかない。

もちろん、それは念には念を入れてのことである。

暗い夜のことで、屋根の上を走り、闇に溶ける二人の姿が見える者はいないであろう。

そもそも、江戸の町には木戸が一町区画に一門設けられていて、夜四つになると鍵がかけられた。町方は木戸番、自身番が、武家地は辻番が警戒に当たるだけで静まり返っている。

堅気の町人は、さほど出歩かない。

まばたきをするかしないかのうちに、二人と烏は、こはるの家の中に忍び込んでいた。〝忍び〟と言われるだけあって、他人の家へ侵入するのは造作もないことだった。

ふだんはうるさいカースケも、そこは忍びの里の烏であり、時と場合をわきまえている。さっきから、カアの一声ももらさぬ。そのあたりは、四六時中、カアカアとうるさい江戸の烏と違っている。

明かりのないこはるの中を、ヤモリのようにするすると移動していると、唯一、ぼんやりと明かりのもれている店先の方から、

「勘弁してくだせぇ」

と、消え入りそうな男の声が聞こえて来た。松吉の声のようだ。他にも、いくつかの声が聞こえる。

風太郎は、ふう子とカースケに目で「ここにいろ」と言いおくと、明かりのある店の中へと入っていった。

平然と歩いて行く風太郎に、声の主たちは気づく気配も見せない。

人に見つからぬ忍びの術を〝隠法〟と呼ぶが、その極意は〝楊枝隠れ〟という言葉で表すことができる。つまり、爪楊枝《つまようじ》一本でもあれば敵に見つからぬということである。

殊《こと》に、風魔の忍びの使う隠法は、

「風魔忍法、闇烏」

と、呼ばれる。闇夜の烏ほどに目立たぬという意味であろう。

人目につかぬように歩き回るのは忍び働きの基本であり、巧拙はあるものの、風魔の里で何年か暮らせば、みな遣うことができるようになる。ろくに修行をしていないふう子でも遣えた。

剣術の足運びと似たところがあるらしく、風太郎の〝闇烏〟は風魔の里でも指折りのものであった。

それこそ闇夜の烏よりも目立たぬ。

†

こはるの店の中に入ってみると、やけに太った五十がらみの男が松吉相手に睨みを利かせている。この男こそ、

〝本所四ツ目の銀蝮〟

と、呼ばれている金貸しで、名を銀蔵という。蛇のように執念深く、町人たちに嫌われている。

〝本所四ツ目の銀蝮〟こと銀蔵は、二ツ名のとおり四ツ目に住み、本所深川の破落戸どもを束ね、色町でも幅をきかせている。

さて、その銀蔵、昼間にこはるへ顔を出した図体《ずうたい》ばかりでかい三人の子分に囲まれ、煙管なんぞを吹かしてやがる。

その銀蔵の煙管に燻《いぶ》されるように、松吉と蕗の兄妹が小さくなっている。

野太い声で銀蔵は小柄な料理人を怒鳴りつける。

「松吉ッ。てめえ、どういう料簡でえ？」

「すんません、銀蔵さん」

消え入りそうな声で松吉は頭を下げた。

ただでさえ小さな松吉の身が、いっそう縮んで見える。

「すんませんだと？」

こんな夜更けだというのに、銀蔵の声は太い。大声を出せば相手が怯えると思っているのだろう。

煙管を片手に、銀蝮は言葉を続ける。

「借りた銭を返すのは当たり前のことだろ？　あん？」

「へえ……」

「手慰みの銭がねえって言いやがるから、こっちは貸してやったんだぜ。違うか、おう、松吉ッ」

昼間の騒ぎは、手慰み——つまり、博奕で借金をこさえてしまった松吉への取り立てであったらしい。手ぬぐいが使いものにならぬほど汗をかいていたが、それも当然であろう。

「いえ、違いません」

松吉は細い声で返事をした。

「言ってみれば、こちとら恩人だろ？」

押しつけがましい恩人もあったものだ。しかし、松吉は、

「へえ」

と、繰り返すばかりである。

「ありがてえ恩人相手に岡っ引きの娘なんぞ呼びやがって」

昼間の綾乃の一件のことだろう。

「あっしが呼んだわけじゃあ……」

松吉は言い訳するが、銀蔵は聞く耳を持たない。

「うるせえッ」

と、頭ごなしに気弱な料理人を怒鳴りつける。

松吉は言い返すことができない。

「……相済みません」

「済みませんじゃねえだろ？　あん？」

銀蔵が松吉の胸ぐらをわしづかみにする。

「お願いです。やめてくださいッ」

蕗が悲鳴を上げると、兄を庇《かば》おうと身体を投げ出した。

「おう、上等じゃねえか」

今度は蕗にからみはじめる。

「下手に出てりゃあ、つけ上がりやがって」

見当外れの台詞を吐くと、太った拳《こぶし》を振り上げた。

江戸中の嫌われ者だけあって、女子供も平然と殴る男のようだ。か弱い女を殴れるのがうれしいのか、銀蝮の太った顔には、いやらしい笑みが浮かんでいる。

「やめてくだせえ」

松吉が弱々しく言ったものの、その言葉は銀蔵へは届かない。助けに入る気力も残っていないらしい。

「へっ」

妹を助けることのできぬ松吉を鼻で笑うと、銀蔵は藷に向かって拳《こぶし》を振り上げた。

「思い知らせてやるぜ」

そう呟いたとき、

ひゅッ――――、と一筋の銀色の光が走った。

「うッ、痛っ」

銀蝮が右手をおさえてうずくまる。

見れば、ぴちゃりぴちゃりと鮮血が床に落ち始めており、何かが銀蔵の醜く太った拳に突き刺さっている。

銀色の光の正体は、風太郎の投げた馬針《ばしん》だった。

馬針というのは、風魔の忍びが手裏剣として遣う貫級刀《かんきゅうとう》のことで、本来は、くたびれて動きの鈍くなった馬の足の鬱血《うっけつ》を抜くための道具である。江戸の町でも珍しいものではない。

卍《まんじ》や星形の手裏剣も持ってはいるが、風太郎はどこにでもある馬針を好んで遣った。ありふれたものを道具として遣うのが、風魔の忍びたちの流儀《りゅうぎ》である。珍しくない道具であれば、仮に見られても何の問題も起こらない。

銀蔵は右手に突き刺さった馬針を力まかせに引き抜くと、血まみれの手を持て余しながら、

「誰かいやがるのか？　出て来やがれッ」

と、怒鳴り散らしている。

さっきまでとは違い、声に怯えが滲み出ている。声を荒らげるばかりで、さがすつもりもないようであった。カタチばかり、きょろきょろしている。

たとえさがしたところで、風太郎を見つけることなどできぬだろう。見つかったとしても、銀蔵ごときを殺すのは容易《たやす》い。

もちろん殺すつもりはなかった。脅しただけだ。

とりあえず、これくらい脅しておけば、今夜くらいは銀蝮たちも松吉と蕗に乱暴はしまい。精いっぱい怒鳴り声を上げてはいるものの、見てわかるほどに意気消沈している。

（これでいい）

風太郎はふう子を連れて、こはるから抜け出した。

静かな夜のことで、売れ残りを山のように抱えた風車売りが深川の夜道を歩いているだけだった。

血吸い猫

江戸者の不思議好きはたいしたもので、一年中、幽霊だの呪《のろ》いだのといった話をしている。このごろ、話題をさらっているのは〝血吸い猫〟であった。

風太郎に血吸い猫のことを話して聞かせたのは〝朱引きの親分〟伝兵衛だった。

「おう、そうだッ。危うく忘れちまうところだった」

と、飯のついでに膝《ひざ》を打つ。

「おう、風太郎ッ」

「へえ」

「〝ちょんまげ、ちょうだい〟と一緒に、猫もさがしてくんねえか？　ついででいいからよ」

「猫？」

風太郎は聞き返す。

「あの、〝にゃあ〟と鳴くやつですかい？」

今度は伝兵衛が不思議そうな顔になった。

「ん？　おめえの田舎じゃあ、他に猫がいるのか？　〝わん〟って鳴く猫でもいやがんのかい？」

「まさか」

いくら風魔の里でも、そんな生き物がいるわけがない。岡っ引きの捕物稼業と、愛らしい猫が結びつかなかったから聞き返したまでである。

「猫がどうかしましたか？」

「血吸い猫だ」

面倒くさそうに伝兵衛は言った。血吸い猫というのは、読んだ文字のままの意味で、人の血を吸う化け猫のことである。

猫又や猫娘、化け猫と化した愛猫が主人の仇を討つ鍋島《なべしま》騒動と、猫にまつわる化け物話は多く、血吸い猫騒動も気にするほど珍しいものではない。

化け物の出て来る噂話の例に漏れず、血吸い猫とやらの実体も不明だった。ただ、噂話に共通しているのは、そこらにいる普通の猫が、ある日を境に突然、牙を剝き血を吸うという一点のみであった。

人の血を吸う猫とは剣呑だが、不思議話に岡っ引きが首を突っ込むわけがない。

「綾乃の野郎さ」

と、伝兵衛は顔を顰める。

血吸い猫騒動に綾乃が絡《から》んでいるのだった。

いや、正確には綾乃ではない。猫をさがしているのは蕗である。

蕗の飼っていた〝お玉〟という猫がいなくなり、血吸い猫と間違われて殺されはしないかと、気を揉んでいるというのだ。

お節介なところのある綾乃だけに、夜な夜な、夜道をさがし回っているというから物騒である。

「どうして、女ばかりが強いのかねえ」

伝兵衛はため息をついた。

†

「まったく、もう……」

真冬の夜露の下で、綾乃は何度目かのため息をついている。今にも、雪のふりだしそうな寒い夜のことで、綾乃のため息は雲のように白かった。

「寒いなあ」

それは寒いだろう。すでに十二月、それも真夜中である。寒くないはずはない。

「くしゅんッ」

と、大口を開けて、しきりに、くしゃみをしている。

これが逢い引きの男との待ち合わせであれば、若い娘らしい気がしないでもないし、色気もある。しかし、
ぐー。

綾乃の腹の虫が、盛大に鳴り響いた。離れていても聞こえるほどの音である。恋しい男を待っている娘の鳴らす音ではない。

しかも、どこをどう見ても、逢い引き姿ではない。

木刀を片手に、きりりと鉢巻きまで締めている。こんな姿で男を待つ女などいまい。まるで仇討《あだう》ちか、どこかの用心棒のように勇ましい。

「寒いし、お腹すくし……。いつまで、ここにいれば、いいのかしら？」

ぐるるぐるると腹を鳴らしながら、ぶつぶつと文句を並べている。

大声では言えぬが、蕗に泣きつかれ、お玉さがしを引き受けたことを後悔していた。こ

んなに見つからないとは思っていなかったのだ。

猫を待っているだけであれば、鉢巻きに木刀は行きすぎというもので、いくら剣術しか知らない綾乃であっても、そんな恰好で猫をさがしはしない。

いくら箱入り娘ならぬ、ろくに外に出たことのない箱入り猫のお玉といえども、しょせんは猫である。

猫なんて、そもそもが気まぐれな生きもので、ちょいと姿が見えないからといって、大騒ぎをすることはない。

ふだんであれば、綾乃だって、こんな姿で真夜中の立ち番などするわけもなかったし、蕗にしても綾乃に泣きつくような真似はしなかったであろう。

しかし、今の深川は物騒で、例の〝血吸い猫〟で騒がしい。

血を吸う猫の怪談話はともかくとして、綾乃や蕗が気に病んだのは猫斬りである。化け猫を退治するという大義名分の下《もと》、深川では猫斬りがうろついていた。暇を持て余した馬鹿どもは血に飢え、猫を見ると斬り捨てた。

蕗のように猫をかわいがっているものにしてみれば、気が気じゃない。血吸い猫なんかよりも、刀を振り回す馬鹿どもの方が恐ろしい。

人目につかないように闇から綾乃の姿を見守っている男の影がある。

(こんなところで、わたしは何をやっているんだろう？)

風魔の風太郎である。飯を食わせてもらう代わりに下っ引きの見習いのようになったのだから、伝兵衛に命じられて綾乃をさがすため夜の町にやって来ても、少しもおかしくないが、こそこそ見る必要はあるまい。深い理由はないのだが、声をかけそびれてしまったのだ。

ちなみに、このとき、ふう子とカースケの姿はなかった。このごろのふう子はおよねの言いつけで、歩いて半刻ほどのところにある寺子屋へ通っている。

およねから教わればいいようなものであったが、およね本人が教えようとはしなかった。

「知っている者に教わっても修業になりません」

と、中々に厳しい。

ふう子はふう子で慣れぬ寺子屋通いに疲れた顔を見せながらも、同い年の娘たちのいる寺子屋を気に入っているようであった。

ときおりカースケを相手に寺子屋の師匠の真似をしているつもりなのか、

「烏もいろはくらい書けないとならないのです」

などと無体《むたい》なことを言っては、墨を吸った筆をカースケに押しつけている。

相変わらず調子外れのところはあったが、すっかり江戸に馴染んでいる。風太郎以上に、風魔の忍びには見えない。

この夜も、ふう子は文字の練習をしていた。

「いろはの鍛錬は難しいのです」

と、眉間にしわを寄せながら、何やら文字らしきものを書いている。

†

真夜中のことで、綾乃は風太郎に気づいていない。

一方、風太郎は夜でも昼間のように見ることができ、綾乃が何をしているのかも手に取るように分かる。

こんなふうに、忍びが夜に動く術を〝闇夜の習い〟と呼ぶ。

〝闇夜の習い〟を身につける訓練の一つに、〝灯火目付《とうかめつけ》〟というものがある。

一寸先も見えぬ闇夜の中、灯火《ともしび》の前に座り、瞬《まばた》きをせず明かりの芯《しん》を見つめる。精神を集中させるため、目を閉じたり開いたりを繰り返し、十分に慣れたところで、灯火を紙で覆《おお》う。

そして、その紙に針で穴を開け、少しずつ距離を取りながら灯火の明かりを見つめるという修行である。

やがて、針の穴から漏れる小さな明かりだけで、周囲を見ることができるようになるという。

暗いと言っても町場だけに、かすかな明かりは、そこかしこにある。〝闇夜の習い〟を身につけている風太郎にしてみれば、昼間と少しも変わらぬほどよく見えた。

くしゅんッ、くしゅんッ——。

と、しきりにクシャミをしながら、綾乃は立ってる。そんな綾乃の姿をぼんやりと眺めていると、

ふぎゃああッ——

——と、魂消《たまぎ》れるような声が冬空に響いた。

(ん？　綾乃さんの声？)

ちょっとだけ、そう思ったが、いくら、いくら綾乃でも、「ふぎゃああッ」とは鳴かないような気がする。おそらくは猫の声であろう。

猫の鳴き声は綾乃にも届いたらしく、表情が、きりりッと引き締まった。

「お玉？」

と、さがしている猫の名を呼ぶや、深川の闇へ駆け出して行ったのだった。

風太郎も後を追う。

†

予想通り、お玉の姿があった。

面倒なことに、いるのは猫だけではなかった。

まだ二十歳そこそこに見える年若い浪人どもが仔猫を囲むようにして立っている。

お玉一匹に図体のでかい浪人どもが五、六人、刀を持って囲んでいる姿は滑稽であった。

おそらくは、猫の気楽さでとことこと好き勝手に夜道を歩くお玉を見つけ、斬り捨てようとしたところ、身の軽いお玉に逃げられ往生《おうじょう》していたらしく、よく見ると浪人どもの息が荒くなっている。

ときどき、お玉が威嚇《いかく》するように、

「ふぎゃあああッ」

と鳴き、浪人どもが後ずさる。見るからに、気の強いお玉に圧倒されていた。

「だらしないなあ……」

綾乃がため息をこぼしている。

浪人かもしれぬが、刀を持っている以上は武士であろう。それなのに、五人も雁首《がんくび》をそろえながら、猫の子の一匹も斬り捨てることができないようである。

綾乃でなくとも、ため息の一つもつきたくなる。

それでも五人の若い浪人どもに囲まれてしまえば、甘やかせて育った飼い猫が簡単に逃げ切れるものではない。

今や、お玉は五本の太刀に囲まれ、斬られる寸前である。

「手間かけさせやがって」

息をぜいぜい言わせながら、浪人の一人が太刀を振り上げたとき、その行く手に綾乃が立ちふさがった。

「――やめなさいよ」

木刀を片手に夜風に吹かれる綾乃の姿は、芝居の牛若丸のように凛々《りり》しい。

一様に、ぎくりの音が聞こえて来そうな顔をした。

人が現れるとは思わなかったのだろう。若い浪人どもの動きが止まった。

しかし、声の主が娘だとわかると、とたんに鼻で笑う。

「ふん、女か」

少しでも剣術の心得があれば、木刀を片手に立っている綾乃の立ち姿を見て、ただの娘でないことくらいはわかりそうなものだろうに、若い浪人どもはただの町娘だと思っているようである。猫一匹斬れぬ半端《はんぱ》な浪人らしく、相手の実力を計ることもできぬらしい。

若い浪人どもの隙を見て、お玉が綾乃のもとに走った。

「ちッ。しまったッ」

舌打ちしたときには、もう遅い。すでに、お玉は綾乃の背中に隠れていた。

「女、猫をこっちへ渡せ」

「誰が渡すものですか」

そう言うと、仔猫を庇《かば》うように木刀を構えた。〝剣女〟と呼ばれるだけあって、女だてらに隙のない構えである。

(たいしたものだねえ)

風太郎は感心するが、さすがに真剣を持った五人組相手に、木刀一本では分《ぶ》が悪い。お玉を庇うだけで精いっぱいである。

お玉を庇っているうちに、綾乃は囲まれてしまった。

いくら綾乃が剣術の達人であるとはいっても、しょせんは道場で習ったものにすぎず、真剣相手の立ち回りなどしたこともないのだろう。隙だらけの浪人相手に二の足を踏んでいる。

(それでも綾乃さんの方が強いだろうねえ)

力の差は一目瞭然《いちもくりょうぜん》であった。言ってしまえば、鍛え方が違う。

真剣相手に戸惑ってはいるが、慣れれば、一気に叩き伏せてしまうだろう。自分の出る幕はないと、風太郎は息をついた。

しかし、油断大敵、気を抜くのは早かった。

「きゃあッ」

さっきまで綾乃がいたあたりから悲鳴が聞こえた。今度こそ猫の悲鳴ではなく、女の悲鳴である。しかも、どこかで聞きおぼえのある声だ。

女の悲鳴とともに、新手《あらて》の浪人どもが現れた。

しかも、浪人どもは、お玉の飼い主である蕗に刀を突きつけている。

「綾乃……。なんとかしてよ」

蕗が泣きそうな顔をしている。

なぜ、こんなところにいるのか、事情は聞かずとも分かる。

いつまで待ってもお玉を見つけてくれぬ綾乃に痺《しび》れを切らし、深川の夜道を「お玉や、お玉」と歩き回っているところを、猫斬りどもに捕まってしまったのだろう。

泣きべそをかく菪を見て、

「ふぎゃあああッ」

お玉が毛を逆立てて怒り出した。綾乃も髪を逆立てる勢いで、

「菪を離しなさいッ」

と、声を上げた。

闇に目の利く風太郎は、素早く〝猫斬り〟どもを数える。

最初の五人と後からやって来た三人で、目の前には八人の若い浪人どもが雁首をそろえていた。

いい若い者が揃いも揃って、猫斬りとはご苦労な話である。

(他にやることないのかねえ)

と、呑気《のんき》に呆《あき》れている場合ではない。

人数が多すぎるし、菪が捕らえられていては馬針を投げることもできない。風太郎は自分の力を過信していなかった。

風太郎はこっそりと持ってきた女物の着物に袖を通した。紅梅柄《こうばいがら》の艶《あで》やかな着物である。

たったそれだけのことなのに、次の瞬間には、娘の姿になっていた。風太郎のどこをど

う見ても、とうてい男には見えない。

〝風魔忍法、女人変化《によにんへんげ》〟

里に伝わる変化の術の中で、最も簡単なものである。

忍術の基本は動物の動きを真似ること、すなわち擬態にある。高く飛びたければ鳥の真似をし、滑《なめ》らかに泳ぎたければ魚の真似をする。

世の中の半分は女である。鳥や魚よりも女の真似をする方が容易《たやす》い。

女に化けた風太郎に気づく様子もなく、浪人どもは綾乃と蕗を嬲《なぶ》り続ける。

「木刀を捨てねえ」

「く……」

「さっさとしねえと、この女の顔を斬っちまうぞ」

ひぃと蕗が悲鳴を上げた。今にも気を失いそうである。

それを見て、綾乃は一つため息をつき、

「わかったわよ。わかったから、蕗に手を出さないで」

と、木刀を放り投げた。

「へへへ」

浪人どもが卑猥《ひわい》な笑みを浮かべ、蕗を綾乃の方へ突き飛ばした。

卑猥な笑みを見れば、連中が何をしようとしているか誰でも分かる。

「猫を相手にするより楽しめそうだぜ」

浪人どもは若い娘二人に、じりじりとにじり寄る。

「無粋《ぶすい》な着物を脱がしてやるとするか」

と、綾乃と蕗の着物に浪人どもの手が触れかかったとき、深川の闇夜に一人の女が、

すう――――と、浮き上がった。

もちろん女の姿をした風太郎である。

「何だ、おめえは？」

浪人どもが目を丸くする。

転瞬――。

美しい女の着物を身にまとった風太郎の身体が胡蝶《こちょう》のように、ひらりひらりと舞ったかと思うと、

「うっ……」

あちこちで悲鳴が上がった。

悲鳴を追いかけるようにして、ばたりばたり、次々と浪人どもが転倒する。

闇の中で、風太郎はつぶやいた。

「秘太刀、蝶の羽」

講談絵草紙でもあるまいに、秘太刀の名前をつぶやく必要などあるまい。口に出してしまっては、秘太刀にならないのではないか――。そう思われても仕方がない。

しかし、伊達《だて》や酔狂で「秘太刀、蝶の羽」などとつぶやいているわけではない。これには、ちゃんと理由がある。

母の三冬が、この〝秘太刀、蝶の羽〟の遣い手であった。鬼一に伝授された秘太刀の名である。

そんな事情もあって、「秘太刀、蝶の羽」とつぶやいているものの、風太郎の技は本物の秘太刀ではなかった。母が風魔の里にいられなくなる事件を起こしたときの話をたよりに、それらしく見えるよう風太郎が工夫したものであった。

(母の耳に届いて欲しい。少しでも手がかりになればいい)

と、風太郎は思っている。

自分で姿を消した三冬が会いに来てくれるとは思えなかったが、それでも、遣い手の少ない秘太刀のことで、三冬につながる人間が現れることだってないとはいえない。

人の多い江戸の町で母をさがすために、風太郎は力を尽くしていた。

伝兵衛に雇われたのも飯目当てというだけではない。少しでも母を見つける足しになればよいと思ったからであるし、秘太刀の名を呟くのも母を思ってのことである。

そんな微《かす》かな希望を持って、風太郎は剣をふるっているのだった。

一撃必殺の秘太刀ではないが、忍びの里で鍛え上げた剣の腕前は伊達《だて》ではない。

あっと言う間に、浪人どもは叩き伏せられ、深川の地面に這《は》いつくばった。忍び刀の峰で打ったので命に別状はないだろうが、しばらくは動くことさえできぬであろう。

解き放たれた蕗が風太郎を見て、

「あの、もしや……」

と、何やら言いかけたが、それを遮るように、

「カアー、カアー」

カースケの鳴き声が聞こえて来た。そして、やって来たのはカースケだけではなかった。

「綾乃お嬢さん、そこにおられますか？」

「いるのですか？」

辰五郎《たつごろう》とふう子の声が重なる。

辰五郎は伝兵衛の一の子分であり、巷《ちまた》では、伝兵衛以上の捕物名人と言われることもある。嗅覚《はな》が利くのか、下手人をあっという間に言い当てることも多いという。噂になっているのは捕物の腕前だけではない。二枚目役者のように、粋に整った顔立ちから〝役者の辰五郎〟なんぞと町場の女たちに騒がれている。

「まあ」

綾乃と璐が駆け出した。そんな二人を尻目に、風太郎はすうと闇に姿を溶かしたのだった。

骨がらみの猿

その翌朝、事件が起こった。

事件を知らせに伝兵衛の家に飛びこんできたのは松吉だった。

「〝ちょんまげ、ちょうだい〟のやつ、人を殺《あや》めやがったぜ」

そのとき、風太郎はふう子と朝餉《あさげ》を馳走になっていた。カースケも餌《えさ》をもらって啄《ついば》んでいる。

先日の「飯くれえ好きに食いに来なせえ」という伝兵衛の言葉に甘えて、朝に晩にと妹に烏まで連れて通い詰めている風太郎であった。

図々《ずうずう》しいと言えば図々しい話だが、他に食うあてがないのだから仕方がない。

ふう子に至っては、ちゃっかりしたもので、

「伝兵衛親分のご飯はおいしいのです。およねお婆ちゃんと一緒に食べるご飯はおいしいのです」

「そうかい、そうかい」

そんな具合に、およねと仲よくなっていた。

ちなみに、本所深川の岡っ引きの家では、いつでも飯が炊いてあるのが当たり前であった。

たいていの岡っ引きは何人かの手下を使っているが、手下どもに銭をやれるわけでもないので、せめて飯くらいは好きなだけ食わせてやるのが、本所深川の岡っ引きの流儀である。

お店《たな》に奉公する商人であれば、商売の時間は決まっており、おのずと飯も決まった時刻に食うことができる。

しかし、捕物稼業に店仕舞《みせじま》いも休みもない。

真夜中であろうと、事件が起これば飛び回らなければならぬ。だから、親分と呼ばれる岡っ引きの家では、四六時中、飯の支度がされていた。

「おう、松吉ッ」

一緒に飯を食っていた辰五郎が言った。この男は、こんな朝早くからいなせな姿で、背筋もしゃんとしている。

その辰五郎、穏やかだが、どこか凄味《すごみ》のある口振りで松吉に言葉を投げかける。

「てめえ、朝っぱらから穏やかじゃねえな」

「あ、こいつあ、辰五郎親分」

辰五郎がいると思わなかったのか、松吉の身体が縮んだ。

「親分じゃねえって言ってんだろ？　親分は〝朱引きの伝兵衛〟だけだ」

辰五郎は呼び名にこだわっている。どんなに辰五郎の名が高まろうと、伝兵衛を立てることを忘れない。

ちなみに、その伝兵衛は、同心の旦那に呼ばれたとかで八丁堀《はっちょうぼり》の屋敷に行っており、朝から留守にしている。

そんなわけで、朝も早くから一の手下の〝役者の辰五郎〟が顔を出して、留守を預かっているのだ。

辰五郎は松吉に聞く。

「〝ちょんまげ、ちょうだい〟が人を殺めたと言いやがったな」

「へえ」

「てめえ、吹かしてんじゃねえだろうな？」

辰五郎は疑い深い。最初《はな》から〝ちょんまげ、ちょうだい〟のしわざと決めつけている松吉に不信感を持っているようだ。

「こんなことで嘘なんかつけるわけないだろッ。いくら辰五郎の兄さんでも言っていいこと悪いことがありますぜッ」

　さすがの松吉も声を荒らげた。

「てえへんだッ、てえへんだッ」と知らせに来てみれば、辰五郎にほら吹き扱いされたのだから、腹を立てるのも無理のないことであろう。

　辰五郎は念を押す。

「じゃあ、死体が転がってるんだな？」

「へえ」

　神妙な顔で松吉はうなずく。

「松吉、案内しろ」

　辰五郎は立ち上がった。

　伝兵衛がいない以上、辰五郎が仕切らなければならない。穏やかな口振りで、辰五郎は伝兵衛の娘に話しかける。

「綾乃お嬢さん」

「はい」

「八丁堀の旦那のところへ知らせてくれねえかい？」

朝早いということもあって、伝兵衛の家には辰五郎の他に下っ引きの姿が見えなかった。綾乃ひとりを八丁堀へ走らせるのを不安に思ったのか、ちょいと風太郎を見て、

「おう、風の字。綾乃お嬢さんと一緒に八丁堀まで行ってくれねえか」

と、言ったのだった。

そんなわけなので、風太郎は死骸《しがい》を見ていない。後で辰五郎から話を聞いただけである。

†

殺された女の身元はすぐに知れた。紅琴通りの妓であった。

「こいつは米蝶《よねちょう》じゃねえか」

死骸を見たとたん、辰五郎は言った。

紅琴通りの米蝶を知らぬ男など深川にいない。

吉原から引き抜きがあるどころか、大店《おおだな》の旦那や大名と呼ばれる身分の連中も米蝶にぞっこんで、朝に晩に身請《みう》け話が転がり込むほどの妓である。

聞けば、芸者稼業に嫌気が差し、近々、堅気になるという噂があったらしい。

辰五郎の言葉を聞いて、松吉が聞き返す。

「米蝶って、そいつは本当ですかい？」

うつむけに死んでいたので、誰の死骸か気がつかなかったのだろう。米蝶と聞いて、松吉の顔が青くなった。これにはちゃんとしたわけがある。それは……。

「にゃあ」

いつの間やら、お玉が米蝶の近くにいた。真っ白くなった顔をぺろぺろとなめては、にゃあと悲しげに鳴いている。

そして、やって来たのはお玉だけではなかった。

「おゆうちゃん……」

蕗の姿があった。

〝米蝶〟というのは芸妓としての名、すなわち源氏名《げんじな》で、親からもらった大切な名は〝おゆう〟という。かつて、こはるの近くにある長屋に住んでいた植木職人の娘で、松吉と蕗とは幼馴染みであった。

松吉がおゆうに惚れていたのは、深川界隈では知らぬ者のない話らしい。残念ながら、松吉の一方的な片思いで、おゆうは幼馴染みとしか思っていなかったようだ。

そのまま、植木職人の娘のおゆうでいたならば、松吉と所帯を持つこともあったかもしれぬが、おゆうは〝おゆう〟でいられなくなってしまう。

腕のいい植木職人であった父が木から滑り落ちて亡くなり、それを追うように母も死んでしまった。そんな色々な不幸なことがあって、おゆうは米蝶となったのだ。

芸妓となった後でも、松吉や蕗とは行き来があり、飼い猫のお玉も、米蝶からもらったものである。

「どうして、おゆうちゃんが……」

そう言うと、蕗は泣き崩れてしまった。

米蝶の死骸と泣き崩れた蕗の間で、お玉が困ったように、

「にゃあ」

と、鳴いた。


米蝶は鋭利な刃物で斬り殺されており、時が時だけに〝ちょんまげ、ちょうだい〟のしわざという噂が流れた。それとは別にもう一つの噂が流れていた。

「〝血吸い猫〟のしわざさ」

どこから流れた噂か分からないが、風太郎には信じられない。長屋の天井を見ながら考え込んでいた。

風魔の里に人を殺める猫がいないわけではないが、それは忍びの手下として育てられた

猫であって、江戸の町中に、そんな剣呑な猫がいるとは思えない。人など襲わなくとも食い物が溢れている町なのだ。

可能性があるとすれば、抜け忍が絡んでいるかもしれぬということである。

血吸い猫の噂を流し、どさくさに紛れて人を殺す――。忍びのやりそうなことである。

しかし、風太郎の頭の動きはそこで止まる。

かような術を使う抜け忍が思い浮かばないのだ。

そもそもが、剣術と違って忍術は裏芸、すなわち、影の技である。他人に見せるものではない。風魔の忍びは、自分の遣える術を家族相手であっても見せやしない。ましてや必殺の忍術を見せるわけもなかった。

抜け忍を始末するために、小太郎が自分の跡取り息子を選び、あまつさえ幼いふう子まで同行させたのには理由があるのだ。

忍びは闇に生きる――。

抜け忍にかぎらず、忍びは、易々《やすやす》と正体を見せたりはしない。同じ風魔の忍びにさえ顔を見せたがらない者も多い。

当然ながら小太郎は抜け忍を含めた配下の忍びを把握しているが、風太郎にはろくに教えてくれない。

「必要があれば知らせる」

そう言っただけだった。

風太郎に余計な先入観を与えぬためということもあろうが、それが一番の理由ではあるまい。

「風魔の忍びなら、自分でどうにかせえ」

冷たいように聞こえるが、当然の言葉である。

諜報《ちょうほう》――すなわち、情報をさぐり出すのも忍びの重要な仕事の一つだ。抜け忍を見つけられなければ、頭目どころか忍びとしての価値もない。

しかし、さすがにこの広い江戸で何の情報《じょうほう》もなく、抜け忍をさがすのは不可能に思える。

風太郎は聞く。

「広い江戸で、抜け忍を見つけることができるのでしょうか？　さがすことができるかどうか……」

「さがすことなどない。自分からやって来る。おまえはともかく、ふう子は目立つ」

小太郎は呑気な口調で、とんでもないことを言った。

風太郎だけでなく、ふう子やカースケまで江戸に送る理由がはっきりと分かった。

自分の倅《せがれ》と娘を囮《おとり》にするつもりなのだ。

これには、風太郎も返す言葉がなかった。

「……」

と、言葉を失う風太郎に、小太郎はさらに言う。

「おまえのことを殺そうと、近づいて来たところを始末すればいいさ。なあ、簡単なことだろう?」

「はあ」

生返事をしながらも、風太郎は父の強《したた》かさに舌を巻いた。抜け忍の始末と言いながら、風太郎が頭目に相応しいか試すつもりなのだ。

体術でも小太郎に及ばぬ風太郎だが、頭を遣うことについては、さらに敵《かな》わぬようである。

乱世と違い、世の中は刀よりもそろばんがものを言う。忍びとて、体術よりも頭の働きの方が大切な時代であろう。

(たいした親父《おやじ》どのだ)

感心ばかりしていられない。

風魔小太郎の跡継ぎとしては、一刻も早く父をこえなければならないのだ。

（これは大仕事だねえ）

抜け忍の始末よりも、そっちの方が難しい。そんなことを考えながら、風太郎は眠りに落ちた……。

†

半刻後、闇が微《かす》かに動き、風太郎の長屋に一人の男が忍び込んで来た。

男が入り込んで来たというのに、風太郎とふう子は目をさます素振りも見せない。

「やっぱり江戸に来てただか」

独《ひと》り言《ごと》のように影が呟いた。

若いのか老いているのかわからない顔をしているが、人というよりは飢えた猿のように見える。

何を隠そう、この男こそ風魔の里で、

〝骨がらみの猿〟

と、呼ばれる抜け忍である。

〝骨がらみ〟というのは、よくない病が進み、骨や関節までもが痛むようになることを言う。病んだ猿のように見えるから、〝骨がらみの猿〟なのだろう。

この猿にはこんな逸話が残っている。

抜け忍と言ったが、実のところ、猿は下忍《げにん》ですらなかった。

里の近くの山に捨てられてた赤子である。それを山小屋に住みついている年老いた世捨て人の猟師が拾い、育てたのである。

親のいぬ捨て子なので、名前もなく、ただ、〝猿〟と呼ばれていた。

ちなみに、猿を拾った猟師は猿がようやく歩けるようになったころに死んでしまった。里の忍びに殺されたという噂もあるが、本当のところは分からない。

以来、猿は一人で生きてきた。

泥水をすすり木の根を齧《かじ》りながら生きていた。

見るに見かねて、小太郎が使い走りとして里に入れたが、猿の苦労はなくならなかった。食う心配こそなくなったものの、里でも、猿は幾度も殺されかけていた。里の子供たちが、戯《たわむ》れに猿を崖《がけ》や川へ突き落とすのだ。大人たちも薄笑いを浮かべるばかりで、猿を助けようとしなかった。

そんな中で、猿の味方となり陰に日向《ひなた》にと庇《かば》ってくれたのが風太郎だった。

助けてもらうたびに、嫌な気分になった。

（偉そうなやつだ）

と、風太郎のことを憎んだ。

風魔小太郎を親に持つ恵まれた子供への嫉妬《しっと》だが、猿は自分の気持ちを抑えられなかった。

獣をけしかけ殺そうとしたこともあったが、風太郎は歯牙《しが》にもかけなかった。

猿が捨て子と侮《あなど》られることになれているように、風太郎も、また、頭目の息子として妬《ねた》まれ疎《うと》んじられることになれていた。

少しずつ、風太郎を見る猿の目がかわってきた。何もかもが違うようで、どこか猿に似ている。

決定的に風太郎を見直した理由は、やはりその強さだった。

忍びに生まれたわけではない猿は、ろくに忍術を使えない。

しかし、獣のように生きて来た猿だけに、そこらの忍びよりも体術にすぐれていた。馬のように駆け、熊《くま》や猪《いのしし》と力比べをしても負けることはない。

が、その猿よりも風太郎の体術は優れていた。猿が殺そうとしても、軽々とかわすのだ。

そして、自分を殺そうとした猿を怒りもせず、

「腹、減っただろ？」

と、握り飯を分けてくれた。

強い上にやさしい男を嫌い続けることは難しい。

気づいたときには、風太郎のことが大好きになっていた。

世の中に、名前も親もない自分を、人として扱ってくれる者がいるとは思っていなかったのだ。

驚くべきことに、猿にやさしいのは風太郎だけではなかった。

風魔の頭目である小太郎も、その妻の三冬も猿のことを見下したりしなかった。ふう子も猿によく懐《なつ》いていた。とりわけ風魔の生まれではない三冬は、猿のために服を作ってくれたりした。

ちなみに、猿に忍術を教えてくれたのも風太郎だった。忍びの生まれではないからと遠慮する猿に、風太郎は言った。

「風魔小太郎が里に入れたからには、猿も風魔の忍びだ」

その言葉は涙が出るほどにうれしかった。居場所のない自分に、我が家ができたように思えたのだ。

忍術の修行は厳しかったが、同時に幸せでもあった。

こんな毎日が永遠に続けばいい――。猿はそう思っていた。

しかし、世の中、願いは叶《かな》わぬもので、幸せな日々は唐突に終わった。

小太郎も風太郎も身分に拘《こだわ》らぬ男であるが、誰も彼もが二人と同じではない。中には古くからの上忍《じょうにん》・下忍の身分関係に執着する者もいた。上忍と呼ばれる家柄の連中である。

頭目である小太郎一家に可愛がられる猿に嫉妬し、上忍の倅《せがれ》ばかり五、六人で夜を待ち、猿の暮らす小屋に忍び込んだのだった。

ただのいたずらではない。

一人残らず忍び刀を手にし、猿を殺してしまうつもりであった。

「死骸なんぞは、山にでも捨てちまえばいい」

と、笑みを浮かべながら、猿に忍び刀を突き立てようと考えていた。

万が一、事件が発覚しても、上忍の家柄の自分たちが咎められることはあるまいとも思っていたのだ。

小屋に入ってみると、すでに猿は白河夜船、すっぽり頭まで筵《むしろ》に包《くる》まって高いびきをかいている。

「永遠に寝てな」

と、五人の忍びが一斉に忍び刀を突き立てた。

しかし――――

……。


その夜は悲鳴さえ上がらなかった。何の騒ぎも起こらぬまま、里に朝が訪れた。

帰らぬ倅どもをさがしに上忍たちが猿の小屋にやって来た。子も子なら、親も親である。

どうやら、上忍どもは自分の息子たちが猿を夜襲すると知っていたようだ。

猿の顔を見るなり、

「どこへやった?」

と、叩きつけるように聞いたという。

殺気立つ上忍どもを前にして、猿は平然と朝餉《あさげ》を食っていた。

しかも、朝から鍋である。

鍋を覗《のぞ》けば、山のように肉が入れられていた。

とたんに、上忍どもの顔から血の気が引いた。

「この肉は……、まさか……?」

おぞましい思いに駆られたらしく、声も掠《かす》れている。

「猪の肉だ。子供の肉だから、柔らけえだ」

意味ありげに猿が笑った。

猿の笑みに気圧《けお》されながらも、上忍は聞く。

「きさま、倅を食ったな？」

上忍どもは一様に殺気立ち、懐の刀に手を伸ばしている。

いつの間にか、猿をぐるりと取り囲んでおり、風魔の里の忍びだけあって、逃げる隙さえ見あたらなかった。

一方、猿は平然と鍋を食い続けている。

見れば、襲いかからんばかりの上忍に囲まれながら、涼しい顔をしていた。

上忍の一人が猿を怒鳴りつける。

「倅たちを殺したと白状せえッ」

「んだ。殺してやっただ」

シラを切ると思いきや、猿はあっさりと認めた。

まさか、あっさり白状すると思ってなかったのだろう。一瞬、上忍どもが呆気《あっけ》に取られた。

——そこに隙が生じた。

猿は懐から、〝鳥の子紙〟と呼ばれる和紙で作った張り子の玉を取り出した。張り子の玉からは短い導火線が出ている。

「おめえさんたちも死ぬといいだ」

猿は言うと、導火線に火をつけた。張り子の玉からは紛《まご》うことのない火薬のにおいが漂っている。

逃げようにも、導火線が短すぎて間に合うまい。

「しまったッ」

上忍どもは床に伏せる。

しかし、いつまで待っても何も起こらない。張り子の玉は沈黙したままである。

おそるおそる顔を上げると、猿の姿が消えていた。

その代わり、縛り上げられた上忍の倅どもが現れた。倅どもは囲炉裏《いろり》の鍋を囲むようにして座っている。

「生きておったのかッ」

それぞれの倅のもとに駆け寄ろうとしたとき、張り子の玉が、ぱんッ――――

――――と、破裂した。

上忍と言っても、平和な世のことで殺し合いの戦いをした経験もなければ、肝っ玉も小さい。

「ひぃッ」

女のように悲鳴を上げると、ぺたりと腰を抜かしてしまった。

幸いなことに、張り子の玉には人を殺すほどの火薬は詰められていなかった。

その代わり、張り子の玉には一枚の文が入っていた。風太郎や三冬に教わったばかりの下手くそな筆跡で、こんな文字が書かれていた。

〝さらばだ〟

こうして猿は、風魔の里から消えてしまった。

その猿が、草木も眠る丑三《うしみ》つ時《どき》に風太郎の長屋に現れたのだ。

風太郎もふう子もくたびれているのか、夜具にくるまったまま、ぴくりとも動かない。

やがて、猿が忍び刀を、すうと抜いた。里の山で獣を狩っていた忍び刀は、闇の中でも黒光りしている。

硬い皮膚に覆われた熊でさえも斬り殺す猿の忍び刀の切れ味は鋭い。人間の肉など熟れた果物のように斬り裂いてしまうだろう。

寝息も立てずに眠っている風太郎の上へ、忍び刀をかざした。そのまま真下に落とせば、一巻の終わり、風魔風太郎の最期《さいご》となるはずであった。

が、しかし。

猿は動かなかった。

動くことができぬのだ。

もとより、この長屋にやって来たのは、風太郎を殺すためである。

里で暮らしていた猿だが、風太郎たち以外の忍びとの交流はなかった。

ゆえに、抜け忍についての知識も古く、自分も始末されると思っていた。町で風太郎を見たときには、

(とうとう、やって来ただか)

と、気が引き締まった。

殺《や》られる前に殺る——。

先手必勝はいつの時代も変わらぬ兵法なのだが、もともと風魔の生まれではない猿は、

非情になり切れない。

自分にやさしくしてくれた風太郎に刃を下ろすことができぬのだ。

「………」

いつの間にか、猿の額に大粒の汗が浮かんでいる。これでは、どちらが殺されかかっているのかわかったものではない。

しばらく忍び刀を構えたまま、固まっていたが、不意に、

「やめた、やめただ。風ちゃんを殺すことなんぞ、おらにできるわけがねえだ」

そう呟くと、忍び刀を放り投げてしまった。

忍び刀の転がる音に返事をするように、風太郎が起き上がった。

その様子を見れば、すぐに分かる。夜具にくるまってはいたものの、眠ってはいなかったのだ。

猿が自分を殺しに来たことを知っているであろうに、風太郎は忍び刀どころか何も持っていない。丸裸に近い恰好で穏やかな笑みを浮かべている。

風太郎は言った。

「久しぶりだな、猿」

殺されそうになった者とは思えない親しげな声だった。

もともと仲のよかった風太郎と猿の二人である。異郷で顔を合わせれば、笑みも浮かぶ。再び、打ち解けるのも早かった。

†

しかも、江戸は里と違う。

里では風魔小太郎の一人息子ということもあって、どこか遠慮していたが、江戸の町ではそんなものは関係がない。

「天下泰平の江戸の中に、風魔小太郎もないもんだ」

風太郎は猿に言ってやった。

そもそも猿は下忍とも言えぬ下《した》っ端《ぱ》である。その猿を下忍として始末する必要などなかろう。

「江戸では友として付き合ってくれ」

風太郎は猿に言った。

その言葉を聞いて、猿は飛び上がるほどよろこび、猿は百姓仕事を終えると、安い酒を片手に風太郎の長屋へ足繁《あししげ》く通ってくるようになった。

「おら、忍びはやめただ」

猿は言った。

しかも、独りぼっちで暮らしているわけではないらしい。

「江戸に来たとき、よくしてくれた人と暮らしているだ」

猿は南割下水の先にある亀戸《かめいど》町で、百姓の老夫婦と一緒に暮らしており、聞けば、年をとって動けなくなった老夫婦を養っているという。

「おらと、爺さん婆さんの食う分だけ稼げばいいんだから、たいしたことはないだよ」

猿はあっさりと言った。

百姓仕事をして、ときおり山や川に入って、食うに困らぬように狩りをするのであった。物心ついたばかりのころから狩りをしている猿には、お手のものだった。食うに困って口入れ屋を頼らざるを得なかった風太郎よりよほどしっかりしている。

風魔小太郎でさえ一目置いた猿の体術をもってすれば、おあしなどいくらでも稼げそうなものだが、

「野良《のら》仕事の方が性に合っているだ」

と、言っている。

忍術を悪用するような後ろ暗いことはしていないようである。それでも、風太郎は念に

は念を入れて、猿に聞く。

「猿、おまえは〝ちょんまげ、ちょうだい〟じゃないよな？」

里にいるころの猿は太刀など遣えなかった。磨き上げられた忍び刀にしても、山で狩りをするための山刀だった。〝ちょんまげ、ちょうだい〟の残した文に書かれた文字も、猿のものではない。

それでも、猿であれば、平和な世の侍の髷の一つや二つくらい斬り落とすのは、それこそ朝飯前のことだろう。文字だって、細工しようと思えばできぬことはない。が、

「ん？　それは何だね、風ちゃん？」

きょとんとしている。

百姓仕事をしながら、山で狩りを続ける猿は、〝ちょんまげ、ちょうだい〟のことを知らぬらしい。

「江戸の町で侍が襲われているんだよ、猿」

「侍を狩るんかね？　そんなもん、食っても旨くないだろ？　人の肉なんぞ食えたものじゃねえだよ」

冗談のように聞こえるが、猿は本気で言っている。

少々というか、かなり面倒くさくなったが、自分で言いかけたことと諦め、風太郎は話

を続ける。

「食うんじゃなくて……」

と、〝ちょんまげ、ちょうだい〟のことを、いっそう詳しく話してやっても、膝を打つどころか、さらに怪訝《けげん》な顔をして、首を傾げている。

「ちょんまげを斬ってどうするだ？　お侍にしたって、そんなもの斬られても痛くも痒《かゆ》くもねえだろ？」

それを見て、

(こういうやつだ)

風太郎の方が得心した。猿はかわっていない。そう思ったのだった。

里にいたころから見栄というものを理解できる男ではなかった。〝武士の面目〟などと言ってもわからないであろう。

やっぱり、猿は〝ちょんまげ、ちょうだい〟ではない。

他にいるのだ。

「どこの誰が、ちょんまげなんぞ斬ってるだか？」

猿は首をかしげた。

暴れ馬

この日、風太郎は江戸城近くにやって来ていた。南町奉行所にほど近い屋敷に使いに行っている綾乃を迎えに来たのだ。

ちなみに、風太郎は一人ではない。

「へえ、お侍だらけだねえ」

と、物珍しげにあたりを見回す猿と一緒に歩いていた。

このところ、風太郎の近くに、ふう子の姿はない。

相変わらず、寺子屋へ通っている。

一日中、寺子屋にいるわけではないが、慣れぬ手習いは疲れると見え、帰ってくるなり、カースケを懐に抱いて、くうくうと眠ってしまう。

「寝かしておいておやりよ。寝る子は育つって言うしさ」

そんなおよねの言葉もあり、この日も、風太郎は一人で武家屋敷の並ぶ町にやって来たのだ。

いつにも増して、風太郎の足取りは軽かった。

「帰りに綾乃と何か食べておいで」

と、およねから、いくばくかの銭までもらっている。

綾乃と二人で何を食べようかなどと考えながら歩いていた風太郎の背中に、猿の声が飛んで来たのだった。

「風ちゃん、どこか行くだか？」

猿のことは嫌いではないが、今日ばかりは邪魔者《じゃまもの》である。

「面倒な仕事を頼まれて、武家屋敷の通りの方に行くんだよ」

と、お役目であることを強調してみた。

しかし、猿には伝わらない。

「おらも一緒に行くだ」

にこにこ笑いながら、ついてくるのであった。

風太郎は猿に聞く。

「どこかへ行く途中じゃなかったのか？」

「うん、風ちゃんの長屋へ行こうと思っていただけだ」

当たり前のことを聞くなと言わんばかりに、猿は答えた。

江戸の町で再会してからというもの、猿は風太郎の長屋へ入りびたっていた。このごろでは、風太郎のいない間に上がり込み、勝手に酒を飲んだり寝こけたりしていた。ときおり、風太郎とふう子は伝兵衛の家に泊まることがあったが、そんなときにも猿は文句一つ言わずに、日が落ちたころに亀戸町へと帰って行くのだった。

風太郎自身も猿の他に気を許せる朋輩《ほうばい》がいないということもあって、いつもはこれを歓迎していた。邪魔だと思ったことなど、ついぞなかった。

しかし、今日ばかりは猿が邪魔だった。だから、

「わざわざ来てくれなくてもいいよ。長屋で待っていればいい」

風太郎は言った。

「遠慮するもんじゃねえだよ。ついて行くだよ」

猿は聞かない。

純情な風太郎だけに、若い娘と二人きりになりたいとも言えず、返す言葉を失ってしまう。

そんな風太郎の浮かぬ顔を見て、何を勘違いしたのか、真面目な顔で猿は言う。

「ふう子ちゃんがいねえのなら、おらが背後の忍びをやるだ。江戸は危ねえ町だからな」

どんなに鍛錬《たんれん》を積《つ》もうと、人間とやらは、一度に二つのことをできぬようにできている。無理に二つのことを同時にやろうとすれば、必ずそこに隙が生まれる。

その隙をなくすため、忍びは二人一組――すなわち、攻撃に特化した〝前面の忍び〟と、その背中を守る〝背後の忍び〟で行動することが多い。猿は風太郎の背中を守ろうというのだ。

ここまで言われてしまっては仕方がない。風太郎にしても、にこにこ笑っている猿を追い返すことはできなかった。

「ちゃんと背後を守る忍びがいねえと危ねえだ」

などとしたり顔で言ったくせに、ふらふらと風太郎の背後を歩いている猿の姿は、ただの江戸見物にしか見えなかった。

上機嫌の猿を連れて歩いているうちに、南町奉行所近くの通りに出た。

行き違いになることもなく、先の方に綾乃の姿が見えた。忍びである風太郎は遠くを見通すことができるが、普通の町娘にすぎぬ綾乃はこちらに気づいていない。

それでも、このまま歩いて行けば綾乃と行き当たるはずである。迎えに来たのだから、行き当たらなければ、それはそれで困る。

問題は猿だ。

相変わらず、のほほんとした顔で風太郎のうしろを歩いている。その姿は、ただの田舎百姓そのもので、忍びには見えない。話しかけなければ、風太郎の連れにも見えぬだろう。

(どうしたらいいんだろう?)

どうしようもないことを知りながらも、まだ風太郎は困っている。

考えてみれば、世話になっている岡っ引きの娘を迎えに来ただけのことで、逢い引きでもあるまいし、困る必要など少しもないはずである。

が、風太郎としては、

(綾乃さんと歩いている姿を猿に見られたくない)

と、いうことであった。

素直な猿のことなのだから、風太郎が「綾乃と二人で歩きたい」と言えば、姿を消すことも分かっていた。だが、言うまでもなく、その言葉が言えれば、ここまで悩みもしない。

なすすべもなく、ため息混じりに歩いていると、不意に、馬蹄《ばてい》が耳に届いた。

それを追うように、いくつもの悲鳴が上がった。

——暴れ馬である。

お天道様が、ちょいとばかり傾いた時刻のことで、人通りは多く混み合っていた。

そこに、暴れ馬が白い泡を嚙《か》みながら走って来た。乗り手のいない馬は蛇行しながらこちらへやって来る。

合戦のない天下泰平の世ではあるが、いまだに馬を持つ武士は多い。

しかし、ちゃんと世話をせぬのか、乗り手の技量がないのか、ときおり、暴れ馬騒動が見られた。

「危ねぇッ、逃げねぇッ」

そんな男の声が、さらに混乱を助長する。

「綾乃さんッ」

一方の綾乃は落ち着いたものであった。

〝剣女〟と言われ女剣士番付に名を連ねるほどの剣術遣い。暴れ馬ごときで騒ぎはしない。

静かに道の端によると、冷静な目で馬との距離を測っていた。……これならば、蹄《ひづめ》にかかることもあるまい。風太郎は気を緩めた。

(そこに立っていれば大丈夫だ)

そう思ったのであった。

と、そのとき、綾乃が動いた。

綾乃の前を歩いていた老婆が狼狽《ろうばい》のあまりよろけたのであった。

見知らぬ老婆を庇うように綾乃が暴れ馬の前に立ちふさがった。思わず身体が動いてしまったのであろうが、立ちふさがったところで、どうしようもない。蹄にかかるだけのことであろう。

(ちッ)

風太郎は舌打ちすると、背中の忍び刀に手を添え、飛び出そうとした。

暴れ馬を斬るつもりであった。

殺気を放ちながら、風太郎が一歩足を踏み出したとたん、猿の手が肩に置かれた。

「風ちゃん、おらに任せるだ」

「おい、猿……」

それ以上の言葉をかける間もなく、猿が疾走した。

あっと言う間に暴れ馬の目の前まで行くと、音もなく跳躍し、馬の背に飛び乗ったのだった。

突然、あらわれた猿のような男を見て、暴れ馬に逃げ惑う人々がどよめいた。

剣術馬術が武士のたしなみであったのは遠い昔のことである。鞍《くら》をつけていない暴れ馬に乗ることのできる者などいるはずもない。

里の山で獣と転げ回っていた猿にしてみれば、町場の暴れ馬などものの数ではなかった。

「おい、いい子だ」

と、猿に頭を撫でられ、暴れ馬はおとなしくなった。暴れ馬の顔つきを見れば分かる。すっかり猿に懐《なつ》いてしまっている。

†

お礼をしたいと言い出した綾乃に、猿は、

「腹が減っただ」

と、遠慮がない。

結局、三人でこはるへ行くことになったのだった。

暖簾《のれん》をくぐったとたん、いつものように松吉の威勢のいい声が、

「へい、いらっしゃ……」

途中で消えた。

猿を見て松吉が言葉を失った。

客商売にあるまじき所作《しょさ》だが、本物の猿そっくりの小男が着物を着て店に入って来たのだから、驚くのも無理はなかろう。

怪訝《けげん》な顔をされ慣れている猿は平然としたもので、大威張りで注文をしている。

「腹が減っただ。どんどん飯を食わせてくれろ」

そんな猿のところへ、どこからか猫が歩いてきて膝にちょこんと座った。蕗の飼っているお玉である。

「まあ」

蕗が声を上げた。気むずかしく、兄の松吉にさえ懐かぬお玉が、はじめて見た猿の膝にのっているのだ。蕗でなくとも驚くであろう。

動物好きの猿は、お玉を撫でながら話しかけている。

「おまえさんも腹が減っただか?」

にゃあ、と猿に返事をするお玉であった。

蕗はいっそう目を丸くする。

「お玉と話せるのですか?」

「ん? おめえさんは話せねえだか?」

猿が聞き返す。おそらく、獣と話せない者などいるわけがないと本気で思っているのだ。

「うふふ」

とうとう綾乃が笑い出してしまった。釣られたように蕗も笑う。

しかし、松吉は嫌な顔をしている。食いもの商売をしている身としては、小汚い猿のことが気に入らぬのかもしれない。

一方の猿は風太郎と綾乃に囲まれ、さらには猫を膝にのせて、にここと飯を食っている。

それが、また気にさわるのか、松吉は、

「おい、風の字ッ」

と、辰五郎ばりの口調で、風太郎の名を呼ぶと、店の隅へと連れて行った。

憧《あこが》れているのか、ときおり松吉はいなせな辰五郎の真似をしたがる。それが似合っておらず、どうにも滑稽《こっけい》だった。

逆らうのも面倒なので、おとなしく、「何ですか？」と聞いてやった。

「あの野郎」

と、猿のことを顎でしゃくり、松吉は言う。

「まともじゃねえだろ？　ただの町人じゃねえよな？」

「はあ……」

風太郎だって、ただの町人ではない。

どう返事をすればいいのか迷っていると、風太郎が自分と同意見とでも思ったのか大きくうなずき、したり顔で話し続ける。

「馬や猫としゃべれるなんて、こいつは眉唾ものだぜ」

暴れ馬に話しかけて、手なずけてしまうなど信じる方がどうかしている。胡散臭いと思われても仕方がない。

それにしても、松吉の猿を嫌う様子ときたら甚《はなは》だしいにもほどがある。お玉が懐いたことがそんなに気に入らないのだろうか。

（へえ、やっぱり虫が好かないってあるものなんだねえ）

ふと、頭の片隅に、辰五郎の粋な姿が思い浮かんだ。

急に胸のあたりが重くなった。

ぶっきら棒なところはあるものの、辰五郎は〝朱引きの親分〟伝兵衛の跡を継ぐ器量と言われているだけあって、しっかりとした男であった。風太郎やふう子に意地の悪いことを言ったこともない。それなのに、どうも好きになれぬのだ。

（なぜなんだろうねえ……）

とんとわからない。

首をかしげていると、当の辰五郎がこはるに入ってきた。

「邪魔するぜ」

松吉が飛びつき、

「辰五郎の親分、いらっしゃいまし」

「おれは親分なんかじゃねえよ」

と、いつものやり取りをはじめた。辰五郎の腰巾着のように見える。

松吉が話し続ける。

「綾乃お嬢さんと一緒になって、朱引きの親分の跡を継ぐって、本所深川あたりじゃあ、もっぱらの噂ですぜ」

幾度も耳にしている話である。

岡っ引きは、世襲だの、跡を継ぐ継がぬだのというお役目ではないが、伝兵衛ほどの捕物名人であれば、たいていは身内が跡を取って縄張りを引き継いだ。

伝兵衛の子は綾乃だけなので、その綾乃と一の子分である辰五郎が一緒になることは、ちょっともおかしいことではない。

「づまらねえことを言ってるんじゃねえッ」

綾乃の目を気にしてか、辰五郎が松吉を叱り飛ばした。ぶっきら棒なのはいつものことだが、今日はいっそう機嫌が悪い。

「へえ、済みません」

「いいから、さっさと飯を持って来ねえ」

それから風太郎を見ると、

「風の字、おめえも遊んでねえで、ちょいとは〝ちょんまげ、ちょうだい〟の野郎をさがすふりでもしたらどうなんだ」

言いようはキツいが、辰五郎は間違っていない。頼まれて迎えに行った帰りとはいえ、綾乃とのんびりと飯を食っているのは事実なのだ。

「へえ……」

「さっさと食っちまえよ」

そう言うと、辰五郎は松吉に「早く飯を持って来い」と催促している。短気なのは江戸っ子の常だが、座ったそばから催促しすぎである。腹が減って機嫌が悪いのだろうか。

そんな風太郎と辰五郎を交互に見ながら猿が妙な顔をしていたが、結局、何も言わなかった。

「お兄さま、どこへ行くのですか？」

「口入れ屋だ」

そう答えると、ふう子は眉を顰《ひそ》め、風太郎に聞いた。

「おあしがないのですか？」

それもある。

が、口入れ屋に行くのは他の目的がある。どう返答をしたものか分からず言葉に詰まる風太郎を見て、何やら勘違いしたらしい綾乃が口を挟んだ。

「あら？　それだったら」

巾着《きんちゃく》から銭を出そうとする。

風太郎は慌てて綾乃を押しとどめる。

「いいえ、そんな——。少しなら、持っております」

「遠慮しないで、風太郎さん」

「いえいえ、そういうわけじゃありません。〝ちょんまげ、ちょうだい〟をさがしに行くのです」

綾乃相手に半端な説明をしていると、今度はふう子が口を挟んだ。

「口入れ屋のたぬべえさんが〝ちょんまげ、ちょうだい〟なのですか？」

†

「お答えするわけには参りません」

〝口入れ屋のたぬべえ〟こと太兵衛は胸をはっている。

「なぜですか？」

と、聞いたのは綾乃である。

どうして、こうなったのか分からぬが、口入れ屋に綾乃だけでなく、辰五郎までがついて来たのだった。

そんなわけで、太兵衛の前には風太郎と綾乃、それに辰五郎が立っていた。思いのほか、大所帯になってしまったこともあり、ふう子とカースケは店の前で待たせてある。

〝朱引きの親分〟の娘の綾乃と、その一の子分の辰五郎がいれば、たいていのことは聞き出せる。そんなそろばん勘定もあった。どうも好きになれない辰五郎ではあったが、本所深川では顔が利く。

ちなみに、風太郎が〝ちょんまげ、ちょうだい〟を捕らえるため口入れ屋へ足を運んだのには、ちゃんと理由があった。新しく江戸へやって来た者が犯人だと思ったのである。

江戸の町では、人の出入りがきちんと管理されている。

毎年四月になると、人別帳に新しい住人の出入りを記し南北奉行所へ提出するのが決まりであった。管理されるのは新しい住人だけではない。昔からいる者についても、六年に一度は改められるようになっていた。

こうして人別帳に載ると、大家と店子《たなこ》の間に主従関係ができ、職についていない店子がいれば大家が面倒を見ることとなり、知らぬ存ぜぬが通用しないのが江戸のならいであった。店子が事件を起こせば、大家は当然のこと、長屋どころか町全体がお叱りを受けることも珍しくない。

抜け忍が、〝ちょんまげ、ちょうだい〟の正体ならば、比較的新参者であり、人別帳に載ることから逃げ回っている可能性もあった。

ただ、江戸で暮らすにはおあしがいる。おあしを稼ぐためには働かなければならない。

口入れ屋を頼るはずである。

口入れ屋の出入りを調べれば、犯人は割れるはずであった。

だが、太兵衛の口は堅かった。

「なぜも何も、申し上げられません」

と、取りつく島もない。

口入れ屋へ仕事を探しに来る連中の中には荒っぽい者も少なくない。特に、太兵衛の口入れ屋はお店の場所が場所だけあって、出入りするのは乱暴者ばかりだった。

聞けば、中間《ちゅうげん》などの武家奉公や商家の用心棒の斡旋が多いという。時には、お上に禁じられているような仕事を紹介することもあるらしい。そのことを岡っ引きの身内相手にしゃべってしまっては、口入れ屋の商売にならない。

明暦三年、旗本奴《はたもとやっこ》に湯殿で殺された、町奴の頭領である幡随院長兵衛《ばんずいいんちようべえ》も表看板は口入れ屋を営んでいた。狸の見かけによらず、太兵衛にも裏の顔があるのかもしれない。

臆《おく》することなく、太兵衛は言葉を続ける。

「手前どもは口入れ稼業でございます。扱っているのは人なのでございます。信用していただけぬことには、銭になりません」

狸面《づら》のくせにいいことを言う。伊達に〝生き馬の目を抜く〟江戸で商人をやっているわけではない。

口入れ屋は言う。

「江戸には人がたくさんおります。数えきれぬほどの人が暮らしております。そして、人の数だけ事情という厄介なものがございまして、耳にした厄介なものを飲み込んで吐き出さないことも口入れ屋の商いのうちでございます」

山育ちの風太郎は言葉を返すことができない。しかも、悔しいことに太兵衛の言っていることは筋が通っている。

しかし、口入れ屋に足を運んでいるのは、風太郎のような田舎者だけではなかった。

「それでは、教えてくれないのですね？」

綾乃は涼しい声で聞いた。

「そうは言っておりません」

太兵衛は言葉を返した。

(ん……？　そうは言っておりませんだって？　この狸は何を言っているのか、さっぱり意味がわからないねえ)

二人のやりとりがどこへ向かっているのか見当もつかない。

余所者《よそもの》を斡旋した帳面を見せてくれと言ったところ、太兵衛がそれを拒んだ。話はそれだけで終《しま》いのはずである。

それなのに、太兵衛は綾乃相手に話を続けている。

「あたしも本所深川に住む者でございます。朱引きの親分にはお世話になっております。建前《たてまえ》ばかりを言うつもりもございません」

話向きがかわってきた。

「商売大事の小理屈を並べて、御用の邪魔をするなど本所深川に住む者としてできぬことでございます」

先刻とは正反対の言葉であるが、これまた、当然のことを言っているように聞こえる。

(たいした狸だねえ)

風太郎は江戸っ子の鮮やかな口上に感心する。里には、ここまでべらべらとしゃべる者はいない。

風太郎と違って江戸生まれの江戸育ちの辰五郎は、太兵衛の長口上《ながこうじょう》になれているのか、うんざりとした顔を隠そうともしない。

「教えるなら、さっさとしねえか」

気の短い江戸っ子らしく苛立《いらだ》っている。人狩り稼業の辰五郎だけあって、苛立った声にさえ威厳があった。しかし、

「そこが難しいところでございます」

太兵衛は相変わらず涼しい顔をしている。獣の肉を食うことの多い忍者の間では狸の肉は不味いと言われているが、この口入れ屋も食えない男である。

太兵衛は言う。

「口入れ屋としての信用もございますし、手前にも養わなければならぬ女房と子がおります」

ここに来て、ようやく風太郎にも太兵衛の言わんとしていることが飲み込めた。

――教えてやるから、銭を寄こせ。

そう言っているのであろう。狸の口入れ屋の顔には、〝銭が欲しい〟と書いてある。

「仕方ねえな」

と、言いながらも、最初から銭のかかることを予想していたらしく、鼻紙に包んである銭らしき物を狸の口入れ屋に渡した。

銭をもらったとたん、太兵衛は相好を崩して、

「朱引きの親分がいると、あたしら商人は安心して暮らせます」

と、お愛想《あいそ》を言い出した。

苦虫を噛みつぶしたような顔のまま辰五郎が不機嫌な声を出す。

「いい加減にしねえ。さっさと書付《かきつけ》を見せたらどうだ」

「そんなに慌てなくとも、すぐに持って参ります」

涼しい顔で、太兵衛は立ち上がった。


太兵衛のくれた書付には、幾人かの男女の名が書かれていた。何日か前に口入れ屋の暖簾をくぐったばかりの風太郎の名もある。

「お兄さまが、〝ちょんまげ、ちょうだい〟なのですか？」

ふう子にそんなことを言われたりもした。

辰五郎たち伝兵衛の手下の手を煩《わずら》わせて調べてもらい、真っ正直に働いている者を墨で消すと、一人の男の名が残った。

〝植田吉三郎《うえだきちさぶろう》、上州浪人〟

と、書かれていた。

何度か用心棒のような仕事をした後、どんなわけがあるのかわからぬが、口入れ屋に顔を出さなくなったということであった。今は、獣肉屋に猪や鹿の肉を売って、半端な猟師のようなことをして暮らしているという。

聞けば聞くほど怪しい。しかし、

「この方は違うと思います。お武家さまの髷を斬り落とすことなど、とてもとても無理でございましょう」

太兵衛は自信たっぷりに言っていた。

理由を聞いても、「お会いになれば分かりましょう」の一点張りで、らちが明かない。

口の減らぬ狸を相手にするのが面倒くさくなった風太郎は帳面にある亀戸町へと向かった。人より蛙の方が多いようなところである。

辰五郎が「一緒に行くぜ、風の字」と言ってくれたが、それを断り、ふう子と二人でやって来たのであった。

万一、植田吉三郎と立ち合うことになったときに、辰五郎がいては忍術を遣うことができない。

それより何より、辰五郎とこれ以上一緒にいたくなかった。

(どうして、あたしは辰五郎さんが苦手なのかねえ……?)

風太郎には分からない。

植田吉三郎が住んでいる長屋は、いわゆる〝紙貼長屋〟と呼ばれるものであった。

どこの長屋でも壁が崩れ落ちると紙を貼ってごまかすのだが、中には古すぎて紙ばかりになってしまう長屋がある。そんな貧乏長屋のことを、朱引き通りあたりでは〝紙貼長屋〟と呼ぶのであった。百姓地の近くでは、紙貼長屋など珍しくもない。

(では、行くか)

風太郎は気配を消した。

植田吉三郎の住むところへ忍び込むつもりだった。

ふつうであれば、大家に「〝朱引きの親分〟の世話になっている者でございます。こちらの長屋に植田吉三郎さまというお方はいらっしゃいますか?」と頭の一つもさげるところである。

しかし、吉三郎が風太郎の思い描いた通りに抜け忍であったなら迂闊《うかつ》なことはできぬ。下手をすれば大家まで巻き込んでしまいかねない。だいたい、忍び相手に名乗りを上げる馬鹿もいない。

ふう子とカースケを紙貼長屋の前に置いたまま、風太郎は長屋の中に忍び込んだ。

ふう子を長屋の中に連れて行かぬのは、妹の身を案じたというより、忍びとしてのならいである。

万一、風太郎の身に何かあったときには、ふう子はカースケを風魔小太郎のもとへ飛ばさなければならない。それが背後を守る忍びの役目なのだ。

足音を立てず歩く修行は十分に積んでいる。

苦もなく、風太郎は長屋に忍び込んだ。が、

(人の気配がない)

長屋の中には誰もいないように思える。

しかし、人の気配がないからと言っても油断はできない。吉三郎とやらが風魔の里の者であれば、気配を消すことくらい簡単にできる。

風太郎は背中に隠してある忍び刀の感触を確かめると、気配を消すことをやめ、長屋の闇に浮かび上がった。

(やはり……)

もぬけの殻であった。

人どころか猫の子一匹いない。

薄い壁の貧乏長屋だけに隣も気になり、徹底的に調べることはためらわれた。

出直して来ようかと、引き返しかけたとき、部屋の隅に置かれた長持ちが目に飛び込んで来た。

貧乏長屋に不似合いな立派な長持ちで、見るからに怪しい。

風太郎は長持ちを覗き込んだ。

（やはり、こいつが〝ちょんまげ、ちょうだい〟か）

長持ちの中には、鋭い太刀筋で斬り落とされている髷がいくつもしまわれていた。

すると、長屋に吉三郎の姿がないのは、たまたまではないだろう。いずれここへ手が伸びると考え、逃げ出したに違いない。

しばし考え込んだ後、両手を口にあてて口笛を吹くような恰好をした。

しかし、風太郎の口から飛び出したのは、口笛の音ではなかった。

「カア、カア」

烏の鳴き声であった。

風魔の里では、〝烏笛〟と呼ばれている。敵に見つからぬように、味方同士でつなぎをつけるための合図である。

間を置かず、ふう子が肩にカースケをのせたまま顔を出した。

のほほんとしているようで、そこは小太郎の娘、鳥笛の音を聞くと、あっと言う間に、気配を消して長屋の中までやって来たのだ。

「お兄さま、〝ちょんまげ、ちょうだい〟はおりましたか?」

と、あたりに目を配りながら聞く妹に、風太郎は言う。

「〝ちょんまげ、ちょうだい〟に逃げられた」

八杯豆腐

その翌日のことである。

まだ、お天道様が顔を出している時刻だというのに、酒のにおいを漂わせた三人の武士が歩いていた。

江戸の治安を守り、町人たちの模範となるべき武士なのだが、世の中が平和になるにつれ、ろくでもない二本差しが増えていた。

殊《こと》に、家を継げぬ次男坊や三男坊は、〝冷や飯食らい〟などと呼ばれ、昼間から酒を食らっては町人に迷惑をかける者が大勢いた。

町人にしてみれば、たまったものではない。

ここらの町の連中は武士の姿を見ると、わざと別の道へ行ったり、引き返したりと、これを避けるのであった。乱暴な連中を相手の面倒ごとはごめんなのだろう。

そんな町人たちの態度が、いっそう武士どもをつけ上がらせることになっていた。平気で若い娘を弄《もてあそ》ぼうとする。蛇蝎《だかつ》のように嫌われるのも当然である。

「あの銀蝮の野郎だって、そんなことはしねえぜ。まったく、胸くそ悪《わり》いにもほどがあるってものだ」

と、町人たちは吐き捨てる。

お天道様が顔を出している時刻から、酒くさい息を撒《ま》き散らしながら、武士どもは、

「ちと、飲み過ぎた」

「いやいや、まだまだこれからであろう」

などと気炎を上げている。

と、そこへ……。

よちよちとした足取りの爺さんが真向かいから歩いて来た。近隣に住む百姓の老人のように見えるが、何も持っていない。粗末な服に杖《つえ》一つ手にしていなかった。その老人の姿を見て、

「ちッ、ジジイか」

と、武士どもが口々に舌打ちをした。

それきり興味を失ったらしく、爺さんの方を見ようともしない。酔っ払った武士どもにしてみれば、小汚い爺さんに興味などないのであろう。

一方、爺さんは耄碌《もうろく》してしまって、まともに目が見えないのか、ふらふらと歩いて来る。見るからに危なっかしい様子で、腰も曲がって真っ直《まっす》ぐ歩くことさえできぬようである。

爺さんなど眼中にないとばかりに、不良武士たちは大声で喚《わめ》き合っている。

「妓《ぎ》のところへ行くか」

「またでござるか？」

「はて、そこもとは妓がお嫌いでござったか？」

「酒と来たら、次は妓でござろう。ははは」

「お待ちくだされ。今日は手元不如意でござる」

「それは残念」

「いや金などいらぬであろう」

「と、申すと？」

「女などそこらを歩いてござる。さらって慰めればよかろう」

酔っ払いの駄法螺《だぼら》ではなく、実際に何人もの娘が犠牲になっていた。

道の真ん中で喚きあっている武士どものそばを爺さんが通り抜けようとしたとき、何かの弾みで爺さんの足がもつれた。

もともと足腰が弱っていたのだろう。派手に転んだ。泥にのめり込むような倒れ方であった。

それを見ても、武士どもは、

「ふん」

鼻で笑うばかりで助け起こそうともしない。それどころか戯《たわむ》れに爺さんの頭を踏みつけようと足を上げた。


すぱんッ――――

――――と、軽やかな音が響いた。

さらに、間を置かず、すぱんすぱんと合わせて三つばかりの音が鳴った。

「ひッ」

武士どもの悲鳴が続いた。

見れば、頭にのっているはずのものがない。あわれ散切り頭となっている。

そして、いつの間にやら、泥の中で蹲《うずくま》っていたはずの爺さんの姿が消えており、そのかわりに、墨で書かれた一枚の紙がひらりと残されていた。

そこには、

〝ちょんまげ、ちょうだい〟

と、書かれてあった。

†

三つの髷を懐に爺さん――植田吉三郎が歩いている。

もちろん、さっきの爺さんである。

どこで着替えたのか、さっぱりとした恰好で、しかも背筋がしゃんと伸びており、泥に倒れていた老人と同じ人には見えない。

人目のない雑木林のあたりにやって来ると、爺さんの足がぴたりととまり、唐突に、独り言のように呟いた。

「これ、風太郎、出て参れ」

「師匠、お久しぶりです」

言葉とともに、風太郎が目の前に降り立った。その後ろには、ふう子とカースケの姿も見える。

「鬼一お爺ちゃんなのです」

ふう子はよろこんでいる。

植田吉三郎の正体は、風太郎の剣術の師である鬼一であった。道理で筆跡に見覚えがあったわけだ。太兵衛が思わせぶりに、〝ちょんまげ、ちょうだい〟ではないと言ったのも当然のことで、傍《はた》から見れば、ただの老いぼれた爺さんである。少なくとも、侍どもの髷を斬り落とす剣術遣いには見えない。

鬼一は鋭い目つきを崩さない。

「もう一匹いるだろ？」

「師匠にはかないませぬ」

風太郎は苦笑いを浮かべると、軽く口笛を吹いた。

すると、木々が激しく揺れ、一匹の猿が降ってきた。

「爺さん、久しぶりだね」

〝骨がらみの猿〟である。

風太郎と猿に挟まれては、逃げることなどできない。鬼一は小さくため息をつき、

「久しぶりだ。酒でも飲みに行くか」

と、言ったのだった。

剣術遣いであるが、鬼一は武士ではない。その証拠に、里を出るまで持っていたはずの刀が消え、腰に竹光《たけみつ》が差してある。

「刀なんぞ、売っちまったわい」

鬼一は威張っている。

先刻、侍どもの髷を斬ったのは、おそらく忍び刀であろう。

風魔の里にいたときから、鬼一は隠し持つことのできる忍び刀を気に入っていた。風魔の忍び刀は反《そ》りがなく、華奢《きやしや》でひどく軽い。腕のない者には使い切れぬだろうが、鬼一ほどの実力がある者には便利な刀であった。軽いため、常に持ち歩くことができる。

このとき、風太郎兄妹と鬼一はこはるへ来ていた。ふう子ときたら、こっそりとカースケを懐に忍ばせている。

いや、ちっとも忍んではいない。懐がふくらんでいるし、カースケがもぞもぞと動いている。しかも、苦しいのか、ときおりカア……と呻《うめ》いている。

「カースケ、静かにしないと見つかってしまうのです」

「カァー……」

こそこそと囁き合っているが、とうの昔に見つかっている。

綾乃からカースケのことを聞いているらしく、蕗は吹き出しそうな顔をしながらも見逃してくれた。

ちなみに、猿は世話になっている婆さんが寝ついているとかで残念そうな顔を見せながら家に帰って行った。

こはるへ入ったばかりのときは、鬼一の姿を見て松吉が、

(おかしな客ばかり連れて来やがって)

という目で見ていたが、他に店を知らないのだから仕方がない。

一方、鬼一とふう子は大喜びであった。二人とも江戸の飯屋に入ったことがないのだ。風太郎とふう子は奈良茶飯を食い、鬼一は酒を水のように飲むのだった。

「爺さん、いい飲みっぷりだねえ」

松吉が感心している。

「ここの酒は旨い」

「おう、味がわかるねえ、あんた」

酒なら何でもありがたがる鬼一の言葉とは知らず、松吉が笑みを浮かべている。よほどうれしかったのか、

「八杯豆腐だ。爺さん、好きかい?」

注文をしてもいない酒の肴らしき皿を置いた。

八杯豆腐とは、豆腐を八杯のだし汁などで煮て、そこに大根おろしをかけたものである。江戸では珍しいものではなく、どこにでも売っている。しかし、

「むむ?」

鬼一には珍しい食いものであったらしく、怪訝《けげん》そうな顔をしている。風太郎も江戸へ来るまでは見たことさえなかった。里にはない食いものである。

「まあ、食ってみなって」

松吉に促《うなが》されて、鬼一はぱくりと食った。なぜかふう子も横からつまむ。そして、二人揃って驚いた顔をした。

「どうでえ、うめえだろ?」

「美味しいのです」

ふう子が目を丸くしている。鬼一も言葉を続ける。

「お主、見かけによらず、中々の手練れでござるな」

言っていることは、よくわからぬが気に入ったようであった。

「手練れって、おい……。まあ、いいや、ゆっくりして行けよ」

面倒になったのか、そう言い残すと松吉は行ってしまった。

これでようやく本題に入ることができる。酒を片手に上機嫌の鬼一に聞く。

「なぜ、お武家の髷など斬るのですか？」

江戸を騒がす〝ちょんまげ、ちょうだい〟の正体は鬼一であった。

「これも鍛錬じゃ」

嘘くさい答えが返ってきた。刀を売り払って、酒にかえてしまうような爺さんの言うことではない。

風太郎は重ねて聞く。

「人を殺めましたか？」

鬼一は風魔の忍びではないし忍術も遣えない。小太郎の一族でさえないのだから、何をしようと風太郎が口を挟む筋合いのものではないけれど、蕗の友人の米蝶を斬ったとなると黙っているわけにはいかない。

「そんな面倒なことをするわけないじゃろ」

そう答えて、ぐびりと酒を飲んだ。

「風太郎、江戸の町でなまくらになったのか？」

逆に呆れられてしまった。

「しかし……」

「しかしも案山子《かかし》もあるまいて。人なんぞ斬っては刀が汚れてしまうじゃろ」

（その通りだ）

風太郎は鬼一の言うことにうなずいた。鬼一の言っている「汚れる」というのは穢《けが》れのことではない。刃毀《はこぼ》れをしてしまったり、血脂《ちあぶら》で刀が汚れてしまったりすることを言っているのである。

刀、殊に、風魔の忍び刀というやつは、よく斬れるようにさまざまな細工がなされている。力ずくで斬るものではなく、人の柔らかい急所を斬るものである。したがって、思いのほか、壊れやすくできている。

剣術の下手な者が人を斬れば刃毀れするし、達人で上手な者が斬っても、人の脂というやつがこびりつくと、すぐに斬れなくなってしまう。忍び刀であろうと、その手入れには手間暇がかかる。

面倒なことを嫌う鬼一が人を斬るとは思えなかった。殺したければ、他にいくらでも方法がある。

（それじゃあ、いったい誰が米蝶を殺めたのだろう？）

風太郎は小首を傾げた。

売れっ子芸者だった米蝶だけに、客との色恋のもつれもあったろうし、同輩の芸者たちから嫉妬《ねたみそねみ》を買うこともあったろう。

しかし、斬り殺されたとなると、話は変わって来る。客の若だんな連中や同輩の芸者が犯人とは考えにくい。

考え込む風太郎を尻目に、鬼一は上機嫌であった。

「おい、風太郎」

と、弟子の名を呼び、

「お江戸はいいのう。八杯豆腐とやらを肴に酒を飲めるなんぞ極楽じゃ」

ふう子の懐で、カースケがカアと鳴いた。

†

それから数日後のこと……。

何の前触れもなく、鬼一が伝兵衛の家へ顔を出した。しかも、

「飯はないのか？」

みすぼらしい恰好をして腹を空かしている。これでは、ただの物乞いの爺さんであった。

飯時ということもあって、膳《ぜん》の上には握り飯が山と積まれている。言うまでもないが、鬼一のために握られた飯ではない。

何の断りもなく、鬼一はがつがつとその握り飯を食い始めた。

「このようなところで、何をしているのですか？」

風太郎は聞いてみた。

胡散臭い爺さんではあったが、これでも師匠は師匠である。風太郎としては、できる限りの礼節を持って接していた。それなのに、

「………」

鬼一は無言で握り飯を食い続けている。この爺さんときたら、風太郎やふう子の分まで食ってしまうつもりらしい。

「カアー、カアー」

食い意地のはっているカースケが自分にも食わせろと抗議している。しかし、

「………」

暖簾に腕押し。鬼一は、カースケの方を見ようともせず、一心不乱に握り飯を頬張っている。

こうして、この日から、鬼一まで伝兵衛の家へ通うようになったのであった。

伝兵衛たちは山から下りてきたばかりの兄妹の世話をしてくれる。

とりわけ、およねには頭が上がらない。兄妹だけではなく、見るからに怪しげな鬼一にまで、飯を馳走してくれるのだ。

これには、さすがの鬼一も恐縮したと見え、

「女人にしては、中々の手練れ」

似合わぬおべっかを遣ってみたりしていた。婆さん相手に遣うおべっかではないが、鬼一は剣術しか知らぬのだから仕方のない話であった。

ちなみに、風太郎に〝ちょんまげ、ちょうだい〟であることを見抜かれたためか、それとも飯をたらふく食えるようになって満たされたのか、鬼一は髷を斬ることをやめてしまった。

自分や妹ばかりではなく、爺さんまで世話になっているのだ。風太郎としては身の置き場もない。しかも、

「よく食うじいさんだなあ」

と、伝兵衛を呆れさせてしまうほど、鬼一じいさんは大食らいだった。

里でも、野山を走る猪や兎《うさぎ》を捕らえては、ぺろりと食ってしまっていたくらいである。

江戸の飯など何人前であろうと食ってしまう。

例によって、伝兵衛は親切であった。身よりのない鬼一をあわれに思ったのか、

「罪を犯すのは、何も若え連中《わけ》ばかりじゃねえしな。その気があるのなら、おれっちの手先になりなよ」

そんなことを言い出した。

鬼一自身も乗り気らしく、

「捕物稼業も悪くあるまい」

などと言っている。

源義経に剣術を教えたという鬼一法眼の子孫が、江戸へやって来て下っ引きになるというのもすごい話だ。

ただ、分からぬこともある。

いくら〝朱引きの親分〟であっても、見知らぬ風太郎たちに飯を好き勝手に食わせるのは人がよすぎる。

飯の食えぬ貧乏人など江戸には腐るほどいた。一々、そんな者たちに飯を恵んでやっていてはキリがない。

風太郎の心を読んだかのように、伝兵衛は言う。

「気にすんじゃねえよ。おっかさんがおめえらに、飯を食わせてやれって言うんだから、遠慮はいらねえや」

「え？　おっかさんですか？」

およねのことだ。

それでもわけがわからぬことに変わりはない。伝兵衛に飯を食わせてもらういわれもないが、およねに飯を食わせてもらう理由もなかった。

「いったい……」

と、首をひねる風太郎の言葉を遮るようにして、伝兵衛は言う。

「おっと、こいつはいけねえや」

伝兵衛は鼻の頭をぽりぽりと掻いた。

「余計なことを言うと、おっかさんにどやされちまう。……やい、風太郎。おめえも余計なことを聞くんじゃねえよ。おっかさんはおめえらのことを気に入っている。それでいいじゃねえか」

「はあ」

ますますわけのわからぬ風太郎であった。思いつくことと言えば、

（師匠に惚れたのかねえ……）

それくらいであった。

しかし、きりりとしているおよねが、だらしない鬼一に惚れるとも思えない。

そもそも鬼一がやって来る前から、風太郎もふう子も飯を食わせてもらっているのだ。
どう考えても色恋沙汰《ざた》とは思えない。
山育ちの風太郎には、お江戸の人の考えていることが、とんとわからなかった。

風車《かざぐるま》の金吾《きんご》

ある朝のことである。

風太郎は〝朱引きの親分〟の家へ入って来るなり、きょろきょろと見回し、

「ふう子のやつ、ここへ来ていないのですか？」

と、妹の姿をさがした。

「いないわよ。風太郎さんと一緒じゃないのですか？」

綾乃が聞き返す。

「はあ……」

風太郎はうなずいた。朝から、ふう子の姿が見えないのだ。

ちゃんとした修行こそしていないが、ふう子も忍びの娘である。

勝手気ままに歩くに任せてあり、風太郎を置いて、先に伝兵衛の家に行くことも珍しくない。今日も、てっきり一足早く伝兵衛の家で、およねの作った飯を食っていると思って

いた。

ところが、〝朱引きの親分〟の家へ着いてみれば、ふう子もカースケもいない。

「おい、風の字、てめえは馬鹿か」

乱暴な言葉が飛んで来た。言うまでもなく、辰五郎の言葉である。好きになれない辰五郎の言葉だけあって、風太郎もかちんときた。

「馬鹿って、あんまりの言いぐさじゃないですか？」

声も言葉も尖っていた。

「——朝っぱらから大声を出すんじゃねえッ」

伝兵衛の雷が落ちた。

返す刀で、辰五郎にも言葉をかける。

「辰五郎、てめえは言葉がちょいとばかりきついぜ」

「すみません」

辰五郎は素直に頭をさげる。

「だが、今回ばかりは、風太郎、てめえが悪《わり》い」

伝兵衛は言った。怒っているというよりは呆れている。

「辰五郎はちょいと口が悪いけど、間違ったことは言ってねえよ」

「はあ」

うなずいたものの、どうにも納得できない。そんな風太郎に、伝兵衛のきつい言葉が飛んで来た。

「おい、風太郎。てめえ、こんな小《ち》っちゃな妹を一人で歩かせるなんて、どうかしてるぜ。こんな物騒なご時世によ」

ふう子は小っちゃな妹かもしれませんが、風魔小太郎の娘なんです――。

まさか、そんなことを言うわけにもいかず風太郎はうなだれた。

実際、風魔小太郎の娘だろうと何だろうと、実際に、ふう子の姿が消えているのだ。兄である風太郎に責任がある。

「すみません」

ようやく風太郎は頭をさげた。そんな姿を見ても、まだ気がおさまらないらしい伝兵衛の「何を考えてや――」と言いかけた言葉を、およねが、

「説教している場合じゃないだろ？」

と、遮った。

それから、口ばかり動いている男たちを睨みつけると言ったのだった。

「いいから、さっさと、ふう子ちゃんをさがしに行っておいで。しゃべくっている場合じ

やないだろ」

その通りである。

「鬼一じいさんはおりますか？」

さがすとなれば、人手は多い方がいい。ましてや、鬼一は常人ではないのだ。

「いや、さっき出て行ったよ」

飯を食うだけ食って、どこかへ散歩に行ってしまったらしい。聞けば、このところ、ときおり姿を消しては、日が暮れるまで帰って来ないという。下っ引きとしてお役目に励んでいるというわけでもなさそうである。

里にいたときから、ふらふらしていた爺さんではあったが、よりによって、こんなときに姿を消さなくともいいではないか。

（何をやっているんだ、まったく）

自分の師匠に向かって舌打ちしたが、今は八つ当たりしている場合ではない。

「さがしに行くぜ」

伝兵衛は辰五郎と風太郎を促した。こうして、三人の男は深川の町へと飛び出した。

†

「何、すぐ見つかるさ」

伝兵衛は言った。

その言葉は気休めばかりではなかろう。

いくら江戸に人が多いと言っても、鳥を肩にのせて歩く九つの娘などいるわけもない。しかも、ふう子は顔立ちが整っていて、何もしなくとも目立つ。

道行く商人に聞いて歩いているうちに、あっさりとふう子を見た者が出て来た。小間物《こまもの》売りの若者であった。

お決まりの小間物を入れた箱に「おしろい、元結《もとゆい》、せんかう」と流暢《りゅうちょう》な文字で書かれた紙を貼り付け売り歩いている男で、女相手にお愛想を言わなければならぬ商売だけあって、垢抜けてはいたけれど、どこかにやけたところがある。

岡っ引き相手なので恐れ入っているふうではあったが、ちょいとばかりへらへらとしすぎている。

小間物売りは言う。

「〝風車の金吾〟と一緒に歩いていましたぜ」

その名前を聞いて、辰五郎の顔色がかわった。こういう顔をすると、とうていカタギには見えない。

だが、辰五郎が顔色を変えるのも無理はない。

〝風車の金吾〟という男は、このあたりを根城《ねじろ》にしている破落戸で、幼い娘を拐《かどわ》かしては岡場所へ売りつける。

金のことだけ考えれば、人の売り買いほど儲《もう》かるものはない。ましてや他人の育てた娘をさらって売りさばくなら元手がいらぬ。さらう手間だけで銭になるのだ。

迷子の多い江戸の町で、幼い娘の一人や二人いなくなったところで、たいていの親は泣き寝入り。諦めてしまう。自分たちの口を養うのに精いっぱいの貧乏人には、迷子をさがすことさえできない。そこにつけ込んで拐かしを生業《なりわい》とする者がいる。

ふう子と一緒に歩いていたという金吾も、そうした人さらいの一人である。

風車を片手に頑是《がんぜ》ない娘の気を引いて拐かすので、〝風車の金吾〟の二ツ名で呼ばれていた。

「もともとは、貧乏な旗本の冷や飯食いって話だ」

辰五郎は言う。

「いまどきの侍にしては珍しく、剣術もかなり遣える。神田の佐々木道場じゃあ、〝三羽烏〟だの〝竜虎《りゅうこ》〟だのの一人と呼ばれていたんだと」

よくある話であった。どこぞの冷や飯食いが、暇を持て余し、やがて悪事に手を染めていく。

お家大事と生家からは縁を切られ、なお捨て鉢になったのだという。腕におぼえのある者ほど悪い道へ逸れやすい。

当然ながら、伝兵衛も金吾に目をつけており、それこそ、今日明日のうちに、お縄にするつもりでいたという。

独り言のように伝兵衛は言う。

「あの野郎、仕置きにあって死にてえのかもしれねえな」

自分を捨てた親への腹いせなのかもしれない。同情の余地はあるかもしれぬが、悪人は悪人である。

事実、子供好きの伝兵衛は金吾をお縄にしようとむきになっていたが、ちょこまかと立ち回りの上手《うま》い男で、伝兵衛も辰五郎も手を焼いていた。しかも、岡場所の抱え主たちも安く妓を手に入れられるとみえ、金吾のことを庇うのだった。

そんなこともあって、辰五郎は、今にも目の前の若い男を張り倒しそうな顔をしている。

「やい、小間物売りッ。てめえ、金吾の野郎が小っちゃい娘と歩いていたのを見逃したってのか？」

いなせな怒声が響く。

「ちゃんと声はかけましたぜ……」

怯《ひる》みながらも小間物売りは口答えする。

「何だと？」

荒れた声を出す辰五郎であったが、このにやけた若い男を殴ってもふう子は見つかりはしない。

「辰五郎、そんな声を出すんじゃねえ」

と、伝兵衛は口を挟む。

それから、小間物売り相手に決めつけた。

「おう、小間物屋。おめえ、隠すんじゃねえぞ、知ってやがることは、何もかもしゃべっちまいな」

今は話を聞くことが大事と、そのときの事情を聞き出そうとしている。

しかし、世の中でにやけた男ほど役に立たないというのは本当のことらしく、小間物売りは何も知らぬ様子であった。

伝兵衛は軽く舌打ちをすると、独り言のように呟いた。

「蛇の道は蛇って言うくれえだ。ちょいと蛇に聞いてくるか」


本所の一角に、ひとけのまるでない通りがある。

その通りの主《ぬし》のように、無駄に大きな屋敷が建っていた。

さらに、品性の欠片《かけら》もない無粋な屋敷の門の前には、相撲取りのような太った男が立っている。六尺棒を持っているところを見ると、門番のつもりなのかもしれぬ。

風太郎は身構えたが、伝兵衛と辰五郎は涼しい顔をしていた。今までにも、ここへ来たことがあるのだろう。

「銀蝮はいるか？」

辰五郎が歯切れのいい江戸言葉で話しかけた。〝銀蝮〟こと金貸しの銀蔵の屋敷らしい。

「おめえさんは、どこのどいつだ？」

たどたどしく聞こえる言葉が返ってきた。訛《なま》りが抜けていない。伝兵衛と辰五郎を知らぬところからしても、江戸へ出て来たばかりらしい。

それでも破落戸稼業だけあって、十手持ちだと気づいたのか、

「岡っ引きだな、おめえら」

と、いきり立っている。

「見りゃあ、わかるだろ」

辰五郎が呆れている。

御用聞きの下っ端にもいろいろな者がいる。人の数だけ悪事があり、それを取り締まるのが岡っ引き下っ引きなのだから一通りであるわけがない。

破落戸と見分けのつかぬ者もあれば、伝兵衛のように「こちとら、岡っ引きでえ。文句あっか」と顔に書いてある者もいる。

辰五郎も伝兵衛の跡を継ぐと言われているだけあって、見るからに岡っ引きである。役者のような顔をしているが、人狩り稼業らしい冷めた目をしている。十手に追いかけられたことのある者ならば、すぐにそれとわかるのかもしれない。

「銀蝮に話がある。取り次いでもらえねえか」

伝兵衛が口を挟んだ。江戸中の悪党が震え上がる捕物名人だけに、二人の呼吸はぴたりと合っている。

その伝兵衛と辰五郎相手に、この大男が太刀打ちできるはずがない。

いくら江戸へやって来たばかりの新顔であっても、この寒空に六尺棒を持っての門番ではたかが知れている。大男、総身に知恵が回らず。たいした男ではなかろう。風太郎がそ

んなことを思っていると、案の定、

「さっさと帰らんか」

六尺棒を振り回しはじめた。岡っ引き相手に、すべきことではない。それを見て、

「親分」

辰五郎が伝兵衛を庇うようにするりと前に出た。

その辰五郎の横っ面を目がけて、大男が六尺棒を振り回した。

ひゅんと風を切りながら飛んで来た六尺棒を、ひょいと躱《かわ》し、

「おいおい、危ねえよ、よせよ」

と、辰五郎は苦笑いを浮かべている。

剣術の心得もあるらしい辰五郎だけに、力任せの六尺棒など取るに足らぬものなのだろう。見るからに役者が違う。

「やめときなって」

辰五郎は言うが、大男は聞く耳を持たない。

「うるせえッ」

ぜいぜいと息を切らせながら、大男は六尺棒を振り回す。

辰五郎は、これをひょいひょいと躱し、独り言のように呟いた。

「悪いが、こっちも急いでいるんだ」

次の瞬間、辰五郎の身体が消えた……ように見えた。もちろん、消えたわけではない。

見れば、大きな身体を丸め、大男の懐に潜り込んでいる。

「何しやがるんだ……ッ」

声が響いたかと思う刹那《せつな》、巨体が宙に舞った。弧を描いて半転すると、腰から地面へと落下したのであった。大男は、

「うぅん……」

と、うなり声を上げ、気を失ってしまった。

(とんでもない男がいるものだねえ)

風太郎は感心する。この下っ引きは柔術までかじっているのだ。しかも、喧嘩なれしている。

「取り次いでもらえねえみてえだな。勝手に通るぜ」

伝兵衛は言った。

「何しに来やがったッ」

銀蝮は凄むが、伝兵衛には通用しない。

「ちょいと聞きてえことがあるんだよ」

と、涼しい顔で煙管を遣っている。

ふてくされたように、銀蔵は言う。

「話すことなんぞねえ」

「破落戸風情が一丁前の口を利くんじゃねえ」

辰五郎がぴしゃりと決めつけた。大男を相手に立ち回りを演じたばかりだというのに、息一つ乱れていない。

銀蔵が憎々しげな目を、いなせな下っ引きに向けた。

「辰五郎、てめえ、昔の恩を忘れやがったのか？」

「昔の恩？」

そう言ったのは風太郎であった。

「ふん、若《わけ》えの、知らねえのか？」

と、銀蝮はせせら笑った。

「この辰五郎の旦那は、この銀蔵の一の子分だったんだぜ。いずれは跡を継いで、元締めになろうって男だったんだぜ。な、辰五郎の旦那？」

「昔の話だ」

辰五郎の声は低い。

「違《ちげ》えねえや。人を殺めたのも昔の話だな」

「人を殺めたって？　辰五郎さんがですか？」

目を丸くしている風太郎相手に言葉を続けようと、銀蔵がさらに口を開きかけたとき、
伝兵衛の煙管が走り、

ぴしゃりッ――
――と、銀蔵の手を叩いた。

「痛ッ、何しやがる」

「汚ねえ口は閉じておきな」

〝朱引きの親分〟が怖い目で、銀蝮を睨みつけた。

しばらく無言のまま睨み合っていたが、やはり格が違う。

「ふん」

と、鼻を鳴らし、銀蔵が目を逸らした。

間髪を入れず、伝兵衛が畳み込む。

「おめえ、金吾を知っているだろ？」

「金吾？」

「〝風車の金吾〟だ。女衒《ぜげん》の真似事をやってやがるやつさ」

「あいつは関係ねえぞ。うちの者じゃねえ」

金吾とやらは、〝本所四ツ目の銀蝮〟にさえ嫌われているようだ。

「そうかもしれねえが――」

伝兵衛は煙管を盆でぽんと叩く。

「居場所くれえ知ってるだろ？　銀蝮が知らねえわけはねえ」

「知らねえよ」

「お上のお役目だ。しらを切るとためにならねえぜッ。おめえ、庇ってんじゃねえだろうな？」

「あんなやつとつるんじゃいねえよ。こっちの身が危なくてしょうがねえや」

〝風車の金吾〟という悪党は、渡世《とせい》の義理も何もない男であるようだ。聞けば、自分の身かわいさに平気で仲間を売るので、悪党仲間にも嫌われているという。

伝兵衛は念を押す。

「嘘じゃねえだろうな、あん？」

「嘘じゃねえさ」

銀蝮が吐き捨てた。

（これは、本当のことを言っている）

怒鳴るだけが取り柄の銀蝮が、伝兵衛相手に嘘をつき通せるはずもない。だが、そうすると、

（ふう子はどこにいるのだろう？）

すっかり手がかりを失ってしまった。どこをさがしていいものかもわからない。

ぼやぼやしていては、ふう子がどこぞの女郎宿へ売られてしまう。考えたくもないが、売られる前に無体なことをされないとも限らない。

途方に暮れたまま、銀蔵の家の外へ出たとたん、

「カアーッ」

烏の鳴き声が聞こえた。

カースケの鳴き声ではない。

江戸の町には烏が多く、気にしていてはきりがなかった。それに風太郎は妹のことで頭がいっぱいであった。しかし、

「ずいぶん、おかしな烏がいるもんだな。赤い羽が混じってやがるぜ」

（え？）

辰五郎の言葉に風太郎の顔色がかわった。

見れば、見おぼえのある烏の姿が飛んでいた。漆黒の羽の中に赤い羽が混じっており、見た目には美しいが、目立ってしまうので、忍びたちは遣いたがらなかった。それならば、と母がもらい受けたという。

（アカスケ）

風太郎は母の烏の名を思い出した。

アカスケも風太郎を見ているようであった。目を合わせると、ついて来いとばかりに、

「カアー、カアー」

と、鳴き、ゆっくりと飛んだ。

風太郎はその後を追いかける。

背中から、「おい、風の字、どこへ行くんだ？」という声と、慌ただしい足音が追いかけてきた。

アカスケがとまったのは、荒れ果てた百姓家の屋根だった。

「ここか」

目の前にある百姓屋は荒れているくせに、床を見れば、そこら中に足跡が残っている。

ふう子のものらしき、小さな足跡もあった。

突然、走り出した風太郎に目を丸くしていた伝兵衛と辰五郎の顔が引き締まった。

「風の字、さがってろ」

辰五郎が百姓家の中へと身を滑らせた。

家の中の空気が風太郎のそばに流れて来た。

血のにおいがする――。

それも流れたばかりの、新しい血のにおいだった。

「ちッ」

辰五郎の舌打ちが聞こえた。

「ふう子ッ」

風太郎は耐えきれず、中へと駆け込んだ。

からりからり――
――と、風車が回っている。

百姓家の中には、色とりどりの風車が置かれていた。それも一つや二つではない。床にも壁にも数え切れないくらいの風車が刺さっている。

風車に囲まれるようにして、薄汚れた四十くらいの男が倒れていた。首から血を流して死んでいる。

「こいつは――」

深川の鼻つまみ者で、人さらいの〝風車の金吾〟であった。

うるさく回り続ける風車に顔を顰めながら、女衒の死骸を辰五郎が検《あらた》めている。呟くように言った。

「いい腕だ。こいつは米蝶を斬った野郎のしわざに違いねえ。遣《や》り合ったのか知らねえが、頭に瘤《こぶ》まで作ってやがる」

しかし、風太郎はそれどころではない。

「ふう子ッ。おい、ふう子、どこにいるんだ？　返事をしろ」

声を上げたとたん伝兵衛に、ぴしりッと頬を打たれた。

落ち着いた声で伝兵衛は言う。

「落ち着け、風の字。ふう子ちゃんなら、隅でねてるだろッ。めん玉をひん剝《む》いて、しっかり見やがれ」

ふう子は眠っていた。カースケを懐に入れたまま、くうくうと寝息を立てている。役立たずの烏も一緒に寝息を立てていた。

ふう子の寝息からは濃い酒のにおいがした。無理やりに酒を飲まされているようである。

「おいッ、ふう子ッ」

声をかけると、ふう子の瞼《まぶた》が開いた。

「あれ？　お兄さまがいるのです」

と、言った。

それから、きょろきょろとあたりを見回すと、困ったような顔で、風太郎に聞いたのだった。

「……お母さまはどこにいるのですか？」

†

風太郎たちは、こはるでふう子の話を聞いていた。お役目と知ってか、松吉と蕗はおとなしくしている。

耳をそばだてているようではあったが、そのへんは御用とわきまえており近寄っても来ない。

聞けば、飯を食わせてもらおうと、伝兵衛の家に行く途中、辰五郎の友人を名乗る風車が、母に会わせてやる、と話しかけて来たという。

忍びであること以外なら、聞かれたことを何もかも話してしまうふう子だけに、風太郎と二人で母をさがしていることを知る者は多い。

話には続きがある。

百姓家に連れ込まれ、訳も分からぬうちに酒を飲まされた。

目を回し倒れる寸前、ふう子は女物の着物を見たのであった。

「お母さま……」

そう呼んだつもりが声にならず、ふう子は気を失った――。

「風車の人は、辰五郎お兄さまのお友達ではないのですか？」

ふう子ときたら、いまだにそんなことを言っている。

迂闊《うかつ》といえば迂闊な話だが、もともと、ふう子は他人《ひと》を疑うことを知らない。

「女衒《ぜげん》だよ、こいつは」

辰五郎は言ったが、ふう子は首をかたむける。

「それは何ですか？」

ふう子が知っているはずもない。

すると、辰五郎が風太郎のことを叱るように睨みつけた。

それくらいのことは、しっかりと教えておけ。いなせな下っ引きの顔にはそう書いてあった。

ふう子が風太郎に聞いた。

「お兄さま、アカスケがいたのです」

「カアー」

妹の懐で役立たずの鳥が鳴いた。思い返せば、風魔の里でカースケとアカスケは仲よくしていた。

「カースケもアカスケを見たのです」

「カアー」

そんなにカアカア鳴かなくてもいい。

風太郎は答えた。

「ああ、あれはアカスケだ」

赤い羽が混じった上に、ふう子の危機を知らせてくれる鳥など他にいるはずがない。

「アカスケはどこなのですか？」

「消えちまったよ」

百姓家から出ると、アカスケの姿はなかった。

それまで黙って兄妹の話を聞いていた伝兵衛が口を挟む。

「どうも妙な塩梅《あんばい》になってきやがったな」

「へえ」

「そのアカスケやらが、風太郎を百姓家へ案内したのは、おれも辰五郎も見た。それを追っかけて来てみりゃあ、金吾がお陀仏《だぶつ》になってやがる。しかも、金吾の野郎は剣術遣いで、生半可《なまはんか》な腕前じゃねえ。それを斬り殺せるやつは限られてくる」

伝兵衛が何を考えているのか手に取るようにわかった。煙管を一つ叩くと、案の定、江戸で屈指の捕物名人はこんなことを聞いた。

「風の字、てめえのおっかさんは剣術を遣うのか？」

風太郎が口を開く前にふう子が答えてしまった。

「お母さまは剣術の達人なのです」

それを聞いて辰五郎が苦い顔になる。

「どうやら、おめえらのおっかさんを見つけねえとならねえようだな」

「お母さまが犯人なのですか？」

ふう子が眉間に皺《しわ》を寄せる。

「まあ、ふう子ちゃんを助けようと思ったのかもしれねえが……」

伝兵衛は言葉を濁らす。三冬を下手人と考えているのだ。

渋い顔の伝兵衛に辰五郎が助け船を出した。

「ふう子ちゃんの見間違いってことはねえのかい？」

「見間違いではないのです」

ふう子は嘘をつけない。

「あの着物はお母さまのものなのです。お父さまからもらった着物なのです」

小太郎が三冬に惚れているのは、里では知らぬ者がいない。一人の女にしか手をつけない頭目は珍しいという。小太郎の父——つまり、先代の風魔小太郎に至っては何人もの女を妻にしていた。

今の小太郎は三冬の他に女を知らぬようにさえ見える。何しろ、子を二人もなした後でも、

「おめえには、派手な色が似合う」

と、艶《あで》やかな柄の着物をあつらえてやったりしていた。

三冬自身も小太郎に買ってもらった紅梅の柄の着物を気に入っており、いつも身につけ

ていた。

風太郎のおぼえている母は、いつも艶やかな着物を、ひらりひらりと着こなしていた。例の武士を懲らしめたときも、艶やかな着物の裾《すそ》がひらりひらりと舞っていたという。その——ひらりひらりをふう子は見たのだった。

「見間違いじゃないのかね？」

辰五郎はどうしても見間違いにしておきたいようだ。

確かに、江戸は贅沢なところで、艶やかな着物などいくらでも転がっている。似たような着物などいくらでもあるはずであった。しかし、

「いいえ。見間違いではないのです。あれはお母さまなのです」

疑い深い顔の風太郎にふう子はきっぱりと答えた。

確かに、母ほど裾さばきの美しい女は滅多にいない。少なくとも、風太郎は見たことがなかった。

竹刀や木刀を振るときに着物の裾がひらりひらりと舞う様子も格別であった。もしかすると、剣術の修行が関係しているのかもしれぬ。鬼一から京八流の奥義を授かるほどの母である。身のこなしが他の女と違っていても不思議はない。

「お兄さま」

と、ふう子が風太郎の顔を覗き込んだ。

「お母さまが、風車のお兄さんを殺めたのですか?」

「〝ちょんまげ、ちょうだい〞の正体は紅琴通りに住んでいる女の人なんですってね」

と、教えてくれたのは、綾乃に会うため、伝兵衛の家に顔を出した蕗だった。

聞けば、こはるにやって来る客の間で噂になっているという。

ちなみに、蕗は、特に用事があったわけではないらしく、

「また、こはるへ食べにいらっしゃい。おいしいものをこさえておくから」

と、ふう子に笑いかけると帰って行った。これから店を開ける支度があるのだろう。

「お兄さま、おいしいものが食べられるのです」

「カアー」

無邪気に一人と一羽はよろこんでいるが、呑気によろこんでいる場合ではない。

〝ちょんまげ、ちょうだい〞は鬼一だが、人を殺してはいない。

米蝶や金吾を殺したのが、〝ちょんまげ、ちょうだい〞だとすると、もう一人、〝ちょん

まげ、ちょうだい〟がいることになり、ふう子の言うところを信じれば女であるらしい。

（やはり母上が犯人なのだろうか？）

人を殺めるはずがないと思いたいが、相手は、ふう子を売ろうとした女衒なのだ。三冬でなくとも、子を持つ親ならば殺してしまっても不思議はない。だが、米蝶を殺める理由などあるだろうか。

風太郎は母を人殺しと思いたくなかった。理屈ではない。母を信じたかった。考えていても、母への疑いが消えるわけではない。

「紅琴通りへ行って参ります」

風太郎は綾乃に言った。直接、色町へ行って、本当に母がいるのか確かめてみるより他に方法が思いつかないのだ。

綾乃も反対はしなかった。そのかわり、

「風太郎さんのお母さまがいらっしゃるのでしたら、わたくしも紅琴通りへ参ります」

と、言い出した。

「え？　綾乃さんも色町へ行くのですか？」

「岡っ引きの娘ですから」

「それはあまり関係がないのではないでしょうか？」

「いえ、関係あります。だって、風太郎さんのお母さまがいらっしゃるかもしれないのですよね？」

思いがけない流れに、風太郎が困っていると、

「紅琴通りにお母さまがいるのですか？」

と、ふう子が口を挟んだ。

「お兄さま、ふう子のことも紅琴通りに連れて行って欲しいのです。お母さまに会いたいのです」

「カア」

「カースケも行くのですか？」

「カア」

「では、一緒に連れて行ってもらうのです」

勝手に話が進んでいる。風太郎がとめる間もなく、

「みんなで参りましょう」

と、綾乃が決めてしまった。

風太郎はなぜか綾乃に逆らうことができない。

綾乃を置いて行くと、紅琴通りへ母をさがしに行ったことを伝兵衛たちに知られてしま

う。母がもう一人の〝ちょんまげ、ちょうだい〟だという証拠が見つかるまで、伝兵衛には知られたくなかった。

それならば、いっそのこと、一緒に連れて行こう。そんなふうに風太郎は自分を納得させた。

そんなわけで、ぞろぞろと色町へ行くことになったのだった。

†

白粉《おしろい》のにおいが漂う町に足を踏み入れたとたん、奇妙なものが目に飛び込んできた。伏せた大桶《おおおけ》に入れられて、一人で桶から出られぬように上から石が置かれている。

〝桶伏せ〟と呼ばれる晒しで岡場所特有の仕置きのひとつである。吉原あたりでは、金が払えないなどの悪い客に対する仕置きなのだが、紅琴通りでは遊女でも、この仕置きを受けるという。

客と恋仲になってしまったり、黙って店を抜け出したり、はたまた客を取ることを拒んだりすると、こんな罰を受ける。見ていて気持ちのよいものではない。

覗き込むと、十二、三にしか見えない禿《かむろ》が、しくしくと泣いている。

「かわいそうなのです」

ふう子はそう言うと、勝手に石をどかせてしまった。そして、とめる間もなく、禿の手を取って立たせると、

「大丈夫なのですか？」

と、聞いた。

子供好きの綾乃も、心配そうな顔で見ている。泣きじゃくっている禿の頭を撫でてやろうと手を伸ばした。

そのとき、不意に、風太郎の目の端が何かを捉《とら》えた。禿に気を取られている綾乃に向かって、何かが飛んで来たのだった。

考えている暇はなかった。

風太郎は綾乃を庇うように右腕を伸ばした。すると、何かがその腕に、
ずぶりッ――

――と、突き刺さった。

見れば、風太郎の右腕に研ぎ澄まされた小刀が突き刺さっている。

思いのほか深手らしく、ぴちゃりぴちゃりと血が滴《したた》り落ちる。

禿がひいと悲鳴をあげながら逃げて行った。

「風太郎さんッ」

「お兄さまッ」

綾乃とふう子が同時に悲鳴をあげた。カースケまでもが、目を丸くしてカアカアと鳴いている。

「大丈夫だ」

風太郎は二人を黙らせ、小刀を投げた者をさがした。

しかし、誰が投げたのかわからなかった。

あやしげな者がいないわけではない。むしろ、見渡すかぎりあやしい者だらけである。お天道様の出ている時刻とはいえ、ここは繁盛している色町。あやしげな風体《ふうてい》の男は掃いて捨てるほどいる。

しかも、ずきんずきんと右腕の傷が痛んで、気配をさぐることに集中できない。修行は積んでいても、実戦の経験の少ない風太郎だけに、ここまでの深手を負ったのは初めてであった。

さらに、追い打ちをかけるように、男の声が聞こえた。

「風の字、そこにいるのかッ」

辰五郎の声だ。まだ遠くにいるのか辰五郎の姿は見えない。反射的に、風太郎の身体が動いた。

「綾乃さん、ふう子、こっちだ」

そう言って、二人を建物の陰に引き込んだ。

ほぼ同時に辰五郎のいなせな姿が見えた。十手を片手に血走った目をして、風太郎たちのことをさがしている。

(やっぱり、辰五郎さんが犯人だったのか)

今さらながらに風太郎は思う。自分で手を下したか定かではないが、米蝶を殺したのも、金吾を使ってふう子をさらったのも、この男のしわざなのだ。

最初から気に入らぬ目つきの男だったが、今の血走った目で風太郎をさがす姿を見れば真相は明らかである。

「風の字ッ。どこだッ」

と、怒声を上げている。

それにしても、犯人が分かったのはいいが、

(困ったことになった)

痛みの治まらぬ右腕を抱えて途方に暮れた。辰五郎の腕は嫌というほど知っている。剣術に柔《やわら》まで遣う。深手を負っている風太郎では危うい。

「風太郎さん、どうして、辰五郎さんから隠れるのですか？」

何も知らぬ綾乃が戸惑っている。

それでも、風太郎に気圧《けお》されたのか、辰五郎が行ってしまうまで、建物の陰で静かに隠れていてくれた。

その一方で、ふう子がやけにきょろきょろとしている。風太郎は眉を顰《ひそ》めると、小声で問うた。

「どうしたんだ？」

「カースケがいないのです」

いつの間にか、見あたらなくなっていた。血に怯えて逃げ出したのかもしれない。相変わらず役に立たない烏のようだ。

「しょうのない烏だ」

「カースケも怖かったのです。仕方がないのです、お兄さま」

カースケをさがすつもりなのか、ふう子が陰から陰へと動いた。

ふう子を追いかけ、風太郎と綾乃も移動した。すると、動いた陰に先客がいた。

「大丈夫か、風の字」

松吉であった。意外な男の顔を見て、風太郎は驚く。

「どうして、松吉さんがここにいるんです？」

「それはこっちの台詞《せりふ》だぜ」

言われてみればその通りだ。

松吉は博奕打ちで、このあたりで小博奕を打っては蕗を泣かせている。銀蝮に借金まである男なのだ。風太郎や綾乃よりも、ずっと色町にふさわしい。

(松吉さんに頼るしかない)

風太郎は心を決めた。

松吉は頼りない男ではあったが、それでも色町になれている。怪我を負ってしまった風太郎よりは動けるはずであった。

「松吉さん、お願いがあります」

「なんでえ？」

問われるままに、風太郎は辰五郎に追われていることを話した。

綾乃が「まさか、辰五郎さんが、そんな」とつぶやいたが、風太郎はしゃべり続けた。

話を聞くうちに、松吉の顔色がかわった。

「辰五郎の親分が、そんなお人だったとは……」

そう言いながらも、思い当たるところがあったのか、やがて大きくうなずき、言葉を続ける。

「風の字、ここで待ってな。こちとら、紅琴通りにはちょいとした顔の知り合いもいる。ひとっ走りして来らあ」

「お願いします」

風太郎は松吉に頭をさげた。

ふう子を走らせて、人を呼んだ方が早いのだが、目の前には綾乃がいる。忍び走りを遣わせるわけにはいかない。

そもそも、九つのふう子では、何を言っても大人たちが信用してくれない可能性もある。

やはり松吉に任せるしかない。

「任せておけって」

松吉はそう言い置くと、颯爽《さっそう》と走って行った。その姿を見て、ふう子が安心したように言った。

「よかったのです」

やがて、がやがやと声が聞こえた。

最初は助けが駆けつけてくれたのかと思ったが、気配をさぐると、やけに殺気立っている。

耳をすますと、こんな声まで聞こえた。

「見つけたら、殺しちまいな。かまうことはねえ」

紛《まご》うことのない追っ手である。

(辰五郎さんの手なずけている連中か)

他に考えようがなかった。風太郎は血がにじむほど強く唇を噛んだ。

こんな物陰に、女二人を連れて、ずっと隠れていられるはずはない。

しかも、追っ手は目の前におり、逃げることすらできない。

つくづく自分の未熟さが嫌になる。綾乃を庇ったのはいいが、けっきょく右腕が動かなくなってしまった。

(さっさと逃げるんだ。一人なら逃げ切れる)

忍びの本能はそう言っていた。戦うことはできぬし、綾乃を連れて逃げ切ることもできない。

しかし、一人であれば逃げ切ることなど容易《たやす》い。風魔の跡取りとしては何を犠牲にして

も逃げ切るべきであろう。それなのに、

「ふう子、綾乃さんを連れて逃げるんだッ」

風太郎はそう言うと、紅琴通りの道のど真ん中に立ちふさがった。

自分の身を囮にして、二人を逃がすつもりだった。

広い道ではない。風太郎を倒さぬかぎり、破落戸《ごろつき》どもは先へ進むことはできない。

(辰五郎さんの狙いはわたし一人だ)

風太郎が邪魔なのだ。

風太郎さえ現れなければ、辰五郎は綾乃と夫婦《めおと》になり、伝兵衛の跡を継ぐことは決まっていただろう。しかし、風太郎の出現によって、綾乃の気持ちは動いている。綾乃は、ずっと風太郎にとても親身に接してくれてきた。殺しの下手人かもしれない母をさがすのにも同行してくれている。奥手な風太郎にだって、綾乃が自分に好意を寄せてくれていることぐらいはわかる。辰五郎ももちろん気づいているだろう。

遅かれ早かれ、辰五郎と夫婦になりたくないと言い出すに違いない。しかも、風太郎は事件の真相に近づいてしまった。だから、辰五郎は邪魔者を始末しようとしているのだろう。

「風太郎さん……」

綾乃はためらっていたが、その一方で、忍びの娘だけあってふう子の決断は早い。

「わかったのです」

そう返事をすると、引きずるようにして綾乃を連れて行った。

走り寄ってくる破落戸どもを前に、風太郎は一人になった。

そして、あっという間に、匕首《あいくち》を持った十人もの男どもに風太郎は囲まれてしまった。

一人や二人であれば右手などなくとも負けやしないが、十人もいては勝つどころか、もはや逃げることもできない。

こんなときだというのに、苦笑いが浮かんだ。

(まさか色町で、女を守って死ぬことになるとはねえ)

不思議と後悔はなかった。

綾乃を守れるなら、死ぬことなど怖くはない。すでに覚悟はできている。一人でも多くの破落戸を道連れに地獄へ行くつもりであった。

風太郎の目に殺気が宿った。

と、そのとき――。

「カアーッ」

鋭い鳴き声が聞こえた。

「カースケ……？」

風太郎は戸惑った。

鳴き声は耳に馴染んだカースケのもののようであったが、風太郎の知るかぎり、鋭い声で鳴くような鳥ではない。いつだって、のんべんだらり、のほほんと暮らしているのがカースケなのだ。

しかし、果たして、鳴き声の主はカースケであった。

見れば、風太郎の頭上をくるりと回っている。風太郎だけでなく、破落戸どももカースケに目を奪われていた。

その間隙《かんげき》を縫うように、ごつんッと鈍い音が聞こえ、破落戸の一人が崩れ落ちた。それから、耳慣れた声が聞こえて来た。

「風ちゃん、助けに来ただよ」

〝骨がらみの猿〟だ。色町の道のど真ん中で、猿が丸太棒を担いで立っている。

「どうして、お前がここに？」

風太郎が事情を飲み込めずにいると、背後から怒声があがった。

「――てめえッ、何者だッ」

破落戸どもが騒いでいる。

しかし、騒ぎは長続きしなかった。たちまち、ばたばたと男どもが倒れた。舞い上がる砂煙の中、ひょっこりと一人の爺さんの顔が見えた。

「師匠ッ」

鬼一が両手に木刀を持って立っていた。ちらりと、風太郎を見ると、苦笑いを浮かべて独り言のように呟く。

「しょうがない弟子じゃ」

「カア」

頭上で烏が大威張りで鳴いている。

さらに目を移せば、綾乃とふう子が遠くからこちらを見ている。

猿と鬼一を見て、ふう子がうれしそうに叫んだ。

「カースケが呼んできてくれたのですッ」

風太郎の全身から力が抜けた。

(助かった)

破落戸どもが何十人いても、猿と鬼一の二人を相手に勝てるはずがない。

しかし、その油断がいけなかった。

安心のあまりへたり込みそうになっている風太郎へ目がけて、小刀が飛んで来たのであった。

風太郎はこれに気づかない。見ていた者も、

「風ちゃんッ」

「これ、風太郎ッ」

「カアーッ」

と、声をかけるだけで精いっぱいであった。

小刀が風太郎に突き刺さる寸前、

ちゃりん――――と、音が鳴った。

ちゃりんの音を追いかけるように、小刀がぽろりと地べたに転がった。誰かが、小刀を叩き落としてくれたのだ。

風太郎を救ったのは、他でもない。

「辰五郎さん……」

十手を構えた〝役者の辰五郎〟が立っていた。

これに驚いたのは、風太郎だけではなく、小刀を投げた男も同じであったようで、隠れるでも逃げるでもなく棒立ちになっていた。

辰五郎は、小刀の飛んで来た方向に向かって言った。

「やい、松吉ッ。何もかも、てめえのしわざだろ？　神妙にしやがれッ」

†

「だいたい、考えてみねえ」

辰五郎は言った。

「〝ちょんまげ、ちょうだい〟が、紅琴通りなんていう色町へあらわれたって言うのも、おかしな話さ」

一同は紅琴通りからほど近い町医者へやって来ていた。風太郎の右腕の治療のためである。

このとき、すでに猿と鬼一は姿を消し、松吉は引っぱられてしまったので、やはり、ここにはいない。

子供が聞くような話じゃねえと辰五郎に言われて、ふう子はカースケと外で遊んでいる。

目の前には、辰五郎と綾乃、そして、駆けつけたばかりの伝兵衛の顔が並んでいるのみだった。

「侍ばかりを目の仇《かたき》にしていた野郎が、色町なんぞへ行くわけがねえ」

風太郎は痛む腕を気にしながら、辰五郎の謎解《なぞと》きを聞いていた。気をきかしてくれたのか、さっきまで傷を診《み》ていた医者の姿も消えている。

「松吉さんがどうして人を殺めるのですか？」

「博奕ですよ、お嬢さん」

辰五郎は言った。

「松吉の野郎、銀蝮の賭場《とば》で借金まみれになって、紅琴通りで仕置き人をさせられていたってわけだ」

〝仕置き人〟という言いぐさは大げさだが、簡単に言えば、廓《くるわ》の掟を破ったり、銀蝮の言いなりにならぬ妓たちを脅すのが松吉の役目であったという。

「本当にしょうがねえ野郎だ」

辰五郎は吐き捨てたが、いつもの元気がなかった。

「包丁を持ち歩いているのだって、修業のためじゃねえ。妓を脅すためさ」

風太郎の馬針と同じからくりで、板前が包丁を持ち歩いていてもおかしくはない。その盲点をついたのであろう。

「たいていの妓は、男に刃物をちらつかせられれば、おとなしくなっちまう」

剣術の達人であるはずの綾乃でさえも、刀を前にすると動きが鈍っていた。ましてや、剣術に縁のない廓の妓である。逆らうことなどできるはずがない。

そんな妓の中で、一人だけおとなしくならなかった者がいる。米蝶だ。

聞けば、芸者稼業から足を洗うと言い出した米蝶を引き止めようと、刃物で脅してみたが、どうにも言うことを聞かなかったらしい。

「弾みだったんだろうが、松吉は米蝶を殺めちまうわけだ」

さすがの松吉も幼いころから知っていた米蝶を殺めてしまい、これを悔やんだ。

しかし、債鬼《さいき》は待ってくれない。

さらに悪いことに、螋だけあって銀蔵は、松吉が米蝶を殺めたことに勘づき、口止め料とばかりに大金を要求して来た。思い余って、手を組んだ相手が〝風車の金吾〟だった。

「金に詰まると、後先が見えなくなっちまうんだよ」

珍しく辰五郎がしみじみとした口調で言った。下っ引きになる前は、荒れた生活を送り銀螋の手下をやっていたというのだから、辰五郎自身も借金で苦労したことがあるのかもしれない。

しかし、思いもかけぬことが起こってしまった。よりによって金吾が拐《かどわ》かしたのは、ふう子だった。

「金吾の野郎、早く仕置きにあいたかったんじゃねえのかね」

伝兵衛が口を挟んだ。

「そうかもしれませんね」

辰五郎もうなずいた。

金吾はふう子のことを見知っていて、あえてさらったのだ。いくら金になりそうな娘だからと言っても、〝朱引きの親分〟の飯を食っている者に手を出す者などいない。

松吉にしてみれば、たまったものではあるまい。

金吾は悪党になり損《そこ》ねた侍で生きていることを恥だと思って死に場所をさがしていたのかもしれぬが、松吉はただの庖丁人にすぎない。泥をすすっても生きていたい。金吾の巻き添えを食らって仕置きされるのはごめんのはずであった。

口ふさぎをかねて、金吾を殺してしまった。すでに米蝶を手にかけている松吉にしてみれば、一人も二人も一緒だという思いがあったのに違いない。

「わからねえことがある」

辰五郎は言った。

「野郎が言うには、百姓家で気を失っていた金吾を斬り殺しただけって話だ」

腐ったとは言え、金吾は武家で、しかも剣術の遣い手なのだ。庖丁人にやすやすと斬れるような相手ではない。

「金吾の頭には瘤があった。殴られた痕《あと》だ、あれは」

「殴られた痕……？」

「松吉の野郎が、いきなり殴って斬り殺したと考えるよりは、もっと腕の立つ誰かが、ふう子ちゃんを助けるために金吾を殴り倒したと考える方が腑《ふ》に落ちる。松吉が一人で侍を殺せるとは思えねえ」

そして、これは松吉の自白しているところでもあった。

さらに、まだわからないところがある。

「紅琴通りに〝ちょんまげ、ちょうだい〟が出るって噂はいったい……」

蕗も兄の手助けをして噂を広めていたのだろうか。

「違うぜ、風の字」

辰五郎は即座に否定した。

「蕗坊は本当に店で聞いたんだろうよ。いちばん店に長くいて、話を持って行きやすいのは松吉の野郎だよ」

「へえ……」

「こはるって店には、暇を持て余した金棒引《かなぼうひ》きどもが集まりやがる。連中にちょいと話しておけば、あとは勝手に広めてくれるって寸法さ。噂なんてものは、広める連中がいて、はじめて大騒ぎになるものだ」

物見高いのは江戸の常ということであろうか。

松吉は風太郎を色町へおびき寄せるつもりで、〝ちょんまげ、ちょうだい〟の噂を流したのだった。

ふう子を助けた帰りに、こはるで三冬のことも口にしている。松吉はそれを利用したのだ。

色町の桶伏せも罠《わな》だったのだろう。松吉は、わざと小さな禿《かむろ》を目立つところで仕置きしたのだ。

哀れな禿を見て、風太郎たちの誰かが助けることくらいは松吉でなくとも考えつく。

破落戸どもは仕置きを邪魔したと松吉に言われて、風太郎たちを追っただけのことなのだろう。

「でも、どうして、松吉さんがそんなことを……」

そこが解《げ》せなかった。松吉に狙われるおぼえなどない。

「風の字、てめえがこはるに鬼一爺さんだの猿だのと、得体《えたい》の知れねえ連中を連れて行くから深読みしちまったんだろう」

そう言われて、気づいたことがあった。

松吉は猿を嫌っていた。そのくせ、鬼一爺さんには肴をふるまっている。その差がどこにあるのか考えもしなかったが、ようやくわかった。

（お玉か）

蕗の飼い猫である。

猫としゃべれる猿を嫌っていたのだ。その理由は、今となっては明白だ。

もともと米蝶に飼われ、好き勝手に歩き回っているお玉が、猿に何かを言いつけやしないかと怯えたのだろう。

猿を通じて風太郎が真相に気づくことに怯え、殺そうとしたのだ。

「度胸のねえ野郎は、たいてい、余計なことをしちまうものなんだよな」

辰五郎が言った。わかってしまえば他愛《たわい》のないことばかりだった。しかし、それにしても、

（母上はどこへ行ってしまったのだろう？）

それだけが解けない謎だった。

後日談……京八流を伝えられし者

紅琴通りを騒がせた一連の事件が幕を下ろし、ひらひらと薄紅色の花びらが降りはじめたころのことである。

深川の外れの雑木林の中に一基の墓があり、人里離れた土地にあるというのに、きちんと手入れされ、花が供えられている。

見れば、墓石の上には、一筋の赤い羽が混じった鳥がとまっている。

その花の前にござを敷いて、二人の老人が語り合っていた。鬼一とおよねである。

桜の花びらに降られながら茶を飲んでいる。二人の老人の目の前には、艶やかな紅梅の柄の着物が置かれており、花雪が舞い降りては着物に新しい模様を作っている。

「三冬がずいぶんと世話になったようじゃな。かたじけない」

鬼一は頭をさげた。それを遮り、およねは言う。

「いえ、三冬さんはわたしの師匠でございますから」

伝兵衛の家にいるときとは別人のように、淑《しと》やかに微笑んでいる。その落ち着いた様子から見るに、この女性らしい姿が本来のおよねなのだろう。

「およねどのが京八流の遣い手だと、すぐにわかりました」

鬼一は口元を緩めて言った。

およねに京八流の奥義を伝えたのは、この三冬であった。

初めて伝兵衛の家にやって来たとき、鬼一が三冬のことを問うと、およねは隠さず何もかも語った。

†

岡っ引きのことを「犬」と呼ぶ者も少なくない。江戸中の嫌われ者である。

伝兵衛にしても、表立っては〝朱引きの親分〟などと呼ばれ敬われているように見えるが、誰も彼もがそう思っているわけではない。有無《うむ》を言わさず、岡っ引きを嫌う者も多い。

身内であるおよねも嫌われた。

表立って伝兵衛に文句を言えぬ分だけ、およねに嫌がらせをする連中も多く、道を歩いていて、水をかけられることも珍しくなかった。

口にこそ出さなかったが、生きた心地もしない毎日だった。誰だって、水をかけられるほど嫌われるのは辛い。

それでも、およねは気丈に振る舞った。伝兵衛に心配をかけたくない一心で、気の強い婆さんのように振る舞った。しかし、誰だって愚痴を言いたいときもあれば、泣きたい夜もある。気丈に見える人間にだって、弱さがある。心配をかけてはいけない。泣いてはいけない。そんな重圧がおよねにのしかかった。

死に場所をさがして、本所深川の外れを彷徨《さまよ》い歩いた。

半日も歩くと、ひとけのない雑木林に辿り着いた。森か山のようにも見える鬱蒼《うっそう》とした雑木林だった。

自分でも気づかぬうちに、江戸を離れ、どこぞの山に迷い込んだのかもしれぬが、地理に詳しくないので分からない。

こんなに遠くまで歩いて来たのは、自分の死骸を見つけられぬため、つまり、誰にも知られずに死んで朽ち果ててしまおうと思ったのだ。

首をくくるのに、おあつらえむきの木はいくらでもあった。いい加減に木を選び、家から持ってきた帯をそこにかけたところで、

「おやめなさい」

と、女の声が飛んで来た。

その声の主が、風魔三冬であった。

雑木林の片隅に粗末な納屋《なや》があり、三冬はそこで暮らしていた。

人目を避けるように、たった一人で暮らしているのには理由がある。三冬は死病に取り憑《つ》かれていた。他人に伝染すると言われている悪い病だ。

「子供たちと一緒にいることはできません」

だから、武家といざこざを起こしたことを口実に、家族の住む里から姿を消したと言っていた。

せめて、夫にくらいは言うべきではないか、とおよねは思ったが、三冬は首を振る。

「あの人は、きっと一緒に来てしまうから」

三冬の夫の小太郎は、風魔の頭目であるくせに、一族よりも女房を取るというのだ。

三冬は、誰にも知られることも最期を看取《みと》られることもなく、ひっそりと死んで行くつもりであるらしい。

そんな三冬のもとへおよねは足繁く通った。

人里離れた場所だけに、伝兵衛のことを犬と罵《ののし》る人もいなければ、陰口を叩く人もいない。岡っ引きの親と馬鹿にする者もいない。

三冬のところへやって来ると、ほっとするのだった。

他人に伝染《うつ》るという三冬の病が気にならなかったわけではない。

三冬からも、何度か山に来るなと言われた。

「およねさんも病になってしまいますから」

それでも、およねが顔を出すと、うれしそうな顔を見せるのだった。山に引っ込んでから、アカスケという名の烏だけが三冬の話し相手であったという。

およねは三冬のもとに通い続けた。

†

「およねさんにお願いがあります」

ある日、三冬が真面目な顔で言った。三冬の病は確実に進行しており、日に日に痩せていく。

寝ていてください、というおよねの言葉も聞かずに、三冬は二本の木刀を手に納屋の外へ出た。そして、およねに言った。

「風太郎に、わたしの息子に伝えて欲しい技があるのです」

それが京八流と呼ばれる剣術であった。息子が京八流を継ぐにふさわしい男になったら、奥義を伝えてやって欲しい。そう言うのだ。

「きっと、あの子は深川へやって参ります」

自分で伝えてくれ、とは言えなかった。治る病ではない上に、三冬の命は長くない。そのことは本人も知っていたし、およねも知っていた。死に行く者に気休めなどは、何の価値もない。

おそるおそる、およねは木刀を手にした。

筋もよかったのだろうし、三冬の教え方もよかったのだろう。短い間で、およねは京八流の基本的な型をおぼえてしまった。

剣術の修行、とりわけ京八流は、基本の型さえおぼえてしまえば、後はその繰り返しである。

およねは言う。

「手習いと同じですね」

学問をするのに子供も老人もない。年をとって、ものおぼえが悪いのなら、普通の者の何倍も練習をすればよいだけである。精進する心さえあれば、人の能力など、たいした違いはない。その理屈は、剣術修行でも同じらしい。

しかも、今のおよねには、京八流の奥義を究《きわ》め、三冬の息子に伝えるという使命もあった。

「およねさんは立派な剣士になれます」

と、三冬も言ってくれた。

やがて、月日が流れ、およねが奥義を遣えるようになったとき、三冬は息を引き取った。

三冬の亡骸《なきがら》は、今でも、本所深川の外れのどこかに埋まっている。

†

「わしより先に死におって」

鬼一は呟いた。

およねに話を聞いてからというもの、毎日のように墓にやって来ては手をあわせている。

〝ちょんまげ、ちょうだい〟をやめたのも、およねに三冬の死を聞いたからであった。

もともと三冬をさがすつもりで、世間を騒がせた。噂になれば、三冬の方から会いに来てくれる。そう思っていたのだ。

「鈍いにもほどがある」

風太郎のことだ。

兄妹そろって世話をしてもらった上に、およねに助けられたことに気づかぬのだ。

そもそも、およねの身の熟《こな》しを見れば、手練れの剣術遣いであることは、すぐに分かる。

金吾を殴り、昏倒《こんとう》させたのも、およねであった。そうしておいて、アカスケを遣い、風太郎に場所を知らせた。

「風太郎さんを見つけたら、すぐに奥義を伝授してしまうつもりでおりました。でも……」

およねは苦笑いを浮かべている。およねの言いたいことは分かった。

「わしの弟子ときたら、自分の目もこすれぬくせに、綾乃どのに、ほの字ときておる」

鬼一は憮然《ぶぜん》とする。綾乃に惚れた風太郎は後先が見えなくなっていた。

そもそも綾乃を色町に連れて行くというのがどうかしている。綾乃にせがまれて、断れないなど、骨抜きになっている証拠である。これでは忍びではなく、海月《くらげ》だ。

さらに、風太郎は辰五郎のことを疑っていたようだが、それも綾乃恋しさに分別を失っていたとしか思えない。綾乃の婿になると噂されている辰五郎への嫉妬を疑いと取り違え、穴だらけの推理で辰五郎を犯人扱いした。

あろうことか、事件のからくりに気づいて、紅琴通りへ風太郎たちを助けに来てくれた辰五郎を疑い、犯人と思い込んだのであった。

「恋は若者を何も見えなくしてしまうものですよ」

と、およねは若い風太郎を庇うが、忍びどころか武人でさえない料理人の小刀で、腕に深手を負ったことを取っても話にならない。

「あれは小刀というより、先の尖った包丁ですよ。魚でも捌《さば》くものでしょうね」

松吉が包丁を持ち歩いていることを知りながら、風太郎は疑いもしなかったのである。

鬼一は吐き捨てる。

「辰五郎どのが、米蝶や金吾とやらを殺める理由がないことくらい、どこの馬鹿にだってわかりそうなものだ」

博奕打ちの松吉と評判のよい辰五郎。百人に聞いても、一人残らず、「博奕打ちがあやしい」と言うであろう。右腕に深手を負っていたからよかったものの、あの調子では辰五郎に馬針を投げかねなかった。

「敵味方の区別もつかぬとは」

若さゆえと言っても、やはり未熟である。

風太郎は風魔小太郎を継ぐ男なのだ。未熟では鬼一が渋い顔をして、およねが京八流の極意の伝授をためらうのも当然の話である。

女を好きになることが悪いのではない。

風太郎の父である風魔小太郎も三冬と恋に落ち、自分の惚れた女を守ろうと、いっそう強くなった。

おのれの気持ちを受け入れることで、強くなる男は珍しくない。

しかし、風太郎は自分の恋心に気づいていない。だから、嫉妬と疑いの区別もつかぬのだ。

「朴念仁《ぼくねんじん》の未熟者めが」

そう言いながらも、鬼一の頬が緩んだ。穏やかな笑みを浮かべ、およねも言う。

「夫婦にでもなれば、きっと落ち着きますよ」

「そうさなあ」

鬼一は鼻をこすった。それから呟くように付け加えた。

「そうかもしれませぬが、はたして、いつになることやら……」

暖かい風が二人の老人の頬を撫でた。

いつの間にか、美しい娘に惚れるようになった息子のことを、墓の中で三冬が笑っている。そんな気のする風だった。

光文社文庫

文庫書下ろし／長編時代小説
にんにん忍《にん》ふう　少年《しょうねん》忍者《にんじゃ》の捕物帖《とりものちょう》
著者　高《たか》橋《はし》由《ゆ》太《た》

2013年8月20日　初版1刷発行

発行者　駒井　稔
印刷　堀内印刷
製本　榎本製本

発行所　株式会社　光文社
〒112-8011　東京都文京区音羽1-16-6
電話　(03)5395-8149　編集部
8113　書籍販売部
8125　業務部

ISBN978-4-334-76613-9　Printed in Japan

組版　萩原印刷

お願い　光文社文庫をお読みになって、いかがでございましたか。「読後の感想」を編集部あてに、ぜひお送りください。

このほか光文社文庫では、どんな本をお読みになりましたか。これから、どういう本をご希望ですか。どの本も、誤植がないようつとめていますが、もしお気づきの点がございましたら、お教えください。ご職業、ご年齢などもお書きそえいただければ幸いです。当社の規定により本来の目的以外に使用せず、大切に扱わせていただきます。

光文社文庫編集部